COLLECTION FOLIO

Daniel Pennac

Merci

suivi de

Mes italiennes
Chronique d'une aventure théâtrale

et de

Merci
Adaptation théâtrale

Gallimard

© *Éditions Gallimard, 2004, 2006, pour la présente édition.*

Avertissement au lecteur

Du mois de septembre 2005 au mois d'avril 2006, j'ai été amené à jouer *Merci*, au théâtre du Rond-Point des Champs-Élysées, sous l'amicale direction de Jean-Michel Ribes.

Le présent volume est donc composé de trois parties distinctes :

1) La version intégrale de *Merci*, telle qu'elle fut publiée à l'automne 2004.

2) *Mes italiennes* (chronique de mon aventure théâtrale avec Jean-Michel Ribes).

3) Et *Merci* tel que je l'ai joué, avec les ajouts et les coupures nécessaires à cette adaptation théâtrale.

DANIEL PENNAC

MERCI

Pour Stefano Benni

1

Nous sommes au théâtre, lui sur la scène, nous dans la salle.

Quand le rideau s'ouvre, il apparaît, de dos, à contre-jour, face à une autre salle qui nous fait vis-à-vis et qui l'applaudit à tout rompre. On le voit, ombre chinoise découpée dans le halo éblouissant des projecteurs. Il remercie l'autre salle qui l'ovationne.

Il crie :

— Merci !

Il porte un smoking.

Une petite lampe rouge clignote au-dessus de sa tête, très haut.

Il s'époumone, pour couvrir l'enthousiasme du public :

— Merciiiii !

Il brandit des deux mains un trophée, qu'il secoue comme un shaker.

— Merci !

Redoublement des applaudissements. Redoublement de ses remerciements.

— Merci ! Merci !

Son ombre est irisée d'une lumière de plus en plus crue. La lampe rouge continue de clignoter. Vivats, sifflets, battements de pieds, ovation formidable. Et lui :

— Merci ! Merci ! Merci ! Merci !

Le trophée doit peser lourd ; il baisse un bras et le niche au creux de son coude.

— Merci, vous êtes vraiment... Merci...

La tête penchée, la main levée, il attend que décroisse l'enthousiasme de la foule.

— Merci, je voudrais... Merci... Mer...

Sa main tente d'apaiser le vacarme.

— S'il vous plaît, je voudrais...

Il reste immobile, son bras levé, longtemps, jusqu'à ce que la petite lampe rouge cesse de clignoter. L'enthousiasme décroît et la lumière aussi.

— S'il vous...

Il paraît fatigué. Sa tête penche du côté où pèse le trophée. Sa main levée semble prête à retomber.

— Merci...

La lumière baisse. Sa silhouette s'estompe jusqu'à se fondre dans le noir absolu, qui se fait en même temps que s'installe le silence.
Noir.
Silence.
On n'entend plus que quelques toussotements, des grincements de fauteuils, qui, peu à peu, deviennent nos propres toussotements, les grincements de nos propres fauteuils...

2

La lumière se rallume sur la scène.

Il est debout, face à nous, sous le feu croisé des projecteurs. Il est, au sens propre du mot, éblouissant.

Son bras retombe mollement. Il hoche la tête avec un sourire à la fois heureux et las. Une dernière fois, il dit :

— Merci.

On dirait qu'il échange un regard avec chacun d'entre nous.

— Vous êtes vraiment... Vraiment, vous êtes...

Sa main libre fait un geste d'impuissance heureuse. Il hoche affectueusement la tête.

L'intensité des projecteurs baisse. Peu à peu la lumière se fait chaude, presque intime.

— Je ne sais pas comment vous...

Il regarde le trophée, dans la niche de son bras. Il nous le montre une dernière fois, mais en le soulevant à peine. Puis, il tourne la tête vers sa droite.

— S'il vous plaît, quelqu'un pourrait me le...

Il tend le trophée dont on le débarrasse.

— Merci.

Il suit des yeux la personne qui s'éloigne.
Il revient à nous.
Il sourit.

— Le poids de l'honneur...

D'une discrète mimique il laisse entendre que la chose, en effet, pesait un bon poids.

— D'autant plus que je vais avoir besoin de mes deux mains, à présent.

Il glisse la main droite dans l'échancrure de son smoking.

— Eh oui, évidemment, je vais vous lire un petit...

Il interrompt son geste.

— Bien entendu, si vous m'aviez récompensé du temps de ma... mémoire vive... je n'aurais pas été obligé d'écrire mon... Je vous aurais servi un remerciement spontané, garanti oral, cent pour cent instinct*uel* ! Mais ça... forcément... aujourd'hui... Comme vous pouvez en juger par vous-mêmes...

Il se désigne comme une vieille chose. Le fait est qu'il n'est pas né de la dernière couvée. Quel âge peut-il avoir ?

Il pouffe :

— D'un autre côté vous n'auriez pas pu me récompenser du temps de ma jeunesse pour « l'ensemble de mon œuvre » !

Il y réfléchit une seconde, puis murmure :

— Encore que, pourquoi non ? Avec un peu de perspicacité...

Il marmonne, en fouillant l'intérieur de son smoking :

— Bon alors, où ai-je fichu ce...

Une deuxième fois, il ressort sa main, frappé par une idée apparemment inattendue :

— C'est complexe, vous savez, la question des honneurs. L'honneur honore, ce n'est pas douteux, mais... l'important est ailleurs. L'important, c'est le nombre de personnes à qui ça fait plaisir ! En dehors de l'honoré lui-même, je veux dire...

Un temps.

— Les décorations, par exemple...

Il nous interroge :

— Combien, parmi vous, sont pressentis pour être décorés, cette année ?

Il joue quelques secondes avec notre silence :

— Hmm ? Entre nous...

Il hoche la tête, compréhensif :

— Eh oui, la honte d'être honoré, je sais, oui...

Il pose sur nous un regard compatissant :

— C'est vous dire ce que vous ressentiriez si vous étiez ici, à ma place, en ce moment !

Un temps.

— Eh bien vous avez tort !

Et voilà qu'il se lance dans une démonstration. Il s'enthousiasme lui-même au fil de son raisonnement :

— Il faut accepter les décorations, les honneurs, les lauriers, les hommages, les couronnes, les récompenses, toutes, de la plus modeste à la plus prestigieuse ! Il faut se laisser décorer comme un sapin de Noël. Faut qu'ça tinte et faut qu'ça brille !

Il prend un spectateur des premiers rangs à témoin :

— Acceptez-la, monsieur, cette décoration, bon Dieu, acceptez-la ! Vous ferez plaisir à tout le monde : à celui qui vous la propose, d'abord, le ministre qui vous a repéré dans la grisaille du troupeau ! Heureux, le ministre, il a fait son boulot de découvreur, il a enrichi le patrimoine humain de la République ! À celui qui va vous l'épingler, ensuite, cette médaille, fier de vous accueillir au club, content d'être votre aîné dans le grade, s'honorant de vous honorer. Aux gens qui vous aiment, bien entendu : mari, femme, enfants, amis, cette joie que vous leur faites ! Vos parents surtout ! Le nom de votre vieux père inscrit au registre de l'honneur national ! Et à vos ennemis, donc ! Ce seront les plus heureux de tous, vos ennemis, surtout les intimes !

Précision :

— Je les entends d'ici : « Je vous avais bien dit qu'il en croque ! », « Tout petit déjà, il collectionnait les bons points, ce con ! »,

« Un vrai lèche-cul ! » La joie, dans l'âme de vos ennemis ! « Dieu sait qu'il n'a pas inventé la poudre, pourtant... », « C'est bien pour ça qu'on le décore ! », « Et puis il a toujours eu un sens inné de l'ascenseur... », « Ouais, les... »

Il mime une nausée :

— ... « *renvois* d'ascenseur ! » L'ambiance de ces dîners, grâce à vous ! « Quand je pense à ses airs de modestie... tu l'as entendu son discours de remerciement ? T'as vu sa gueule à la télé ?, « Le faux derche total ! »

Enchanté :

— Peut-être même serez-vous à l'origine de deux ou trois réconciliations, la source d'une rencontre amoureuse, qui sait ?

Il nous interroge du regard.

— Franchement... Franchement, citez-moi une seule circonstance de votre vie où vous puissiez rendre tout le monde aussi heureux, faire à ce point l'unanimité des cœurs. Une seule !

Une pause :

— Vous voyez... aucune.

Revenant au spectateur qu'il a choisi :

— Vous n'avez pas le droit de refuser cette décoration, monsieur.

Encourageant :

— La question de vos mérites est très secondaire...

Il se reprend :

— Encore que, non, pardon, réflexion faite, non, la question de vos mérites ne peut pas être traitée par-dessus la jambe... Parce qu'il y a mérites et mérites... Ce ne sont pas de vos mérites... réels... qu'il s'agit, ici... Ceux-là, ils vous sont naturels... vous ne souhaitez pas plus que ça les voir publiquement reconnus... Peut-être même n'en avez-vous pas une exacte conscience... Non, ce sont les autres qui comptent, vos mérites *imaginaires*, ceux que vous vous attribuez, en toute conscience et hors de toute réalité, c'est ceux-là qu'il faut récompenser. Et vite ! Urgence ! Sinon, qui sait ce qui peut arriver ?

Il cherche un exemple.

— Prenez Hitler...

Il attend qu'on ait « pris » Hitler.

— Peintre médiocre, néanmoins convaincu de son génie pictural, architecte tout juste bon à entasser les trois cubes de son enfance, mais hautement conscient de ses mérites dans ce domaine... Il fallait le primer ! Tout de suite ! Dès ses premières taches d'aquarelles, pour l'ensemble de son œuvre ! Peinture, architecture, tout ! Et que ça se sache ! Une récompense planétaire ! Le podium universel, la mise sur orbite ! Ça nous aurait épargné... quarante-deux millions de morts ! Ce n'est pas tout à fait... négligeable... comme économie.

Un temps.

— Et que je sache...

Il regarde pesamment sur sa droite, où doit se tenir le jury qui vient de le primer.

— Aucun membre d'aucun jury ne s'est trouvé assigné au tribunal de l'Histoire !

À nous, sans lâcher le jury des yeux :

— Qui sait ce dont j'aurais été capable, moi, s'ils ne m'avaient pas...

Il esquisse le geste de montrer son trophée.

3

Il quitte lentement le jury des yeux et glisse sa main dans son smoking.

— Bien. Maintenant, que je vous lise mon...

Il suspend son geste.
Il pose sur nous un œil coupable.

— Savez-vous ce que j'ai fait ?

Un temps.

— Le jour où j'ai appris qu'ils allaient me primer pour l'ensemble de mon... Vous savez ce que j'ai fait ?

Il a un petit rire de honte.

— J'ai couru les remises de prix.

Il fait un oui gêné de la tête.

— Pour écouter les remerciements ! C'est que je n'ai pas l'habitude, moi. Toutes ces décennies passées à créer dans la solitude, le silence, l'indifférence générale, me semblait-il, et tout à coup cette récompense globale, si prestigieuse, je n'ai pas eu l'occasion de m'entraîner... Alors, je suis allé me documenter. J'ai fait une quinzaine de festivals. J'ai vu remettre des Palmes, des Césars, des Oscars, des Ours, des Lions, une kyrielle d'horr... d'honneurs en or, créés par des artistes qui ont peut-être été, ou seront peut-être un jour primés pour l'ensemble de leur œuvre ! J'ai assisté à des biennales aussi, à des prix littéraires — pas à tous, ils sont plus nombreux que nos fromages ! —, à des remises de décoration, bien sûr, à toutes sortes d'intronisations... J'ai beaucoup applaudi. J'ai beaucoup écouté, observé, beaucoup... J'ai pris des notes. Et j'en ai conclu que le remerciement est *un genre à part entière.*

Un temps.

Pédagogue :

— Comme tous les genres, le remerciement obéit à des lois. C'est un genre *centrifuge*, au sens ondulatoire du terme. Comme un caillou qu'on lance dans une mare, le remerciement fait des cercles... centrifuges, de plus en plus... larges... de plus en plus éloignés du centre.

Il souligne sa démonstration avec les mains.

— Le lauréat remercie d'abord le premier cercle : les notables, les importants, le jury, sans qui la récompense ne lui aurait pas été attribuée ; puis le deuxième cercle : le public, vous en l'occurrence, qui êtes ici à vous réjouir pour moi, ce soir, et c'est très gentil à vous, vraiment, je vous en remercie, ça me... puis le troisième cercle : l'« équipe », sans laquelle son œuvre ne serait pas ce qu'elle est : « Je tiens surtout à remercier mon équipe... », « tous ceux qui... », « tous ceux grâce à qui mon... », « tous ceux sans qui je n'aurais pas pu... », « Je leur offre ce... »

Il brandit un invisible trophée.

— Il est rarissime qu'un lauréat ne remercie pas son équipe.

Une petite parenthèse :

— Ce qui nous change beaucoup des ministres. Un ministre ne parle jamais au nom de son équipe : « Depuis que *je* suis entré aux Finances — à l'Intérieur, à la Justice, à l'Éducation, à la Culture —, *j*'ai fait en sorte que... *je me* suis battu pour...*j*'ai également demandé à *mes* services de *me*... Et dès que *j*'ai su que… *J*'ai pris la décision... qui s'imposait. »

Un temps.

— Un ministre n'attend jamais qu'on le félicite ; il se félicite lui-même. Grammaticalement parlant, le verbe féliciter utilisé au sens pronominal direct : *se féliciter* — et à la seule première personne du singulier — est exclusivement ministériel.
« Et je m'en félicite ! »

Il s'aperçoit qu'il dérive.

— Excusez-moi.

Revenant à ses moutons :

— Toujours dans le même ordre, donc, les remerciements : jury, public, équipe... quelquefois jury, équipe, public... mais toujours ce tiercé de tête... Puis viennent les cercles suivants, jusqu'à la plus lointaine périphérie, si le temps qui est imparti au lauréat le lui permet... ce qui n'arrive jamais.

Il reprend, méditatif :

— Un genre centrifuge... oui...

Ébauche du geste.
Pensif :

— C'est très étrange, quand on y songe... Parce que les cercles les plus proches sont, en la circonstance, constitués par les gens qui nous sont le *moins* proches.

Il laisse à cette information le temps de nous imprégner.

— Prenez mon cas... Les membres du jury...

Il regarde à sa droite, avec une certaine insistance.

— Je n'en connais aucun. Enfin, personnellement, aucun. Si, si, je vous jure, c'est un prix honnête... Il l'est devenu.

Nouveau coup d'œil au jury.

— De réputation, oui, bien sûr, un ou deux... Ils ont atteint à la notoriété avant moi... Mais intimement, aucun. Je n'en ai jamais vu un seul en tête à tête. Pas même de dos, dans un ascenseur...

Sur le ton de la constatation :

— On me récompense pour l'ensemble de mon œuvre... autant dire pour l'essence de moi-même, pour ma vie, pour mon être, et mes premiers remerciements vont à de parfaits inconnus ! Des gens qui ne me sont rien.

Historique :

— Des gens qui distribuent leur prix tous les ans... qui tous les ans, les pauvres, se creusent la cervelle : « À qui pourrait-on bien, cette année, donner notre prix, maintenant que les copains sont servis ? Voyons voir... » Les années passent — nombreuses les années, car nombreux étaient les copains —, par conséquent elles passent pour moi aussi, toutes ces années de travail solitaire, incognito... Et finalement, voilà que je me retrouve primé, in extremis, pour « l'ensemble de mon œuvre », par de parfaits inconnus... que je remercie *en priorité* ! Le premier cercle ! Le cercle le plus...

Il fait un nid chaleureux avec ses mains.
Ému, tout à coup, presque enfantin :

— Il y a tout de même des gens qui nous sont plus... chers... Non ? Ça a quelque chose d'un peu... injuste...

Son regard cherche notre approbation.
Il l'obtient, par-ci, par-là.
Alors seulement il revient à son sujet :

— Puis, vient le deuxième cercle : vous, donc, ici, ce soir...

Il nous désigne tous.
Il scrute la salle en plissant les yeux.
Il lève la tête vers la cabine de la régie. Il demande :

— Pourriez-vous donner un peu de lumière ? S'il vous plaît...

La lumière s'allume dans la salle.

— Merci.

Il nous passe en revue tous autant que nous sommes.

— C'est bien ce que je craignais... Là non plus, je ne connais personne...

Il cherche encore, il fait non de la tête.

— Vous ne me connaissez pas davantage, notez, mais vous me *re*connaissez. Avec le battage autour du prix, la télévision, les magazines, ce brusque passage de l'obscurité à la lumière, les invitations que vous avez reçues...

Sourire de félicitation :

— C'est un honneur qu'ils vous ont fait à vous aussi, ces invitations, une distinction qui vous échoit !

Son regard continue de parcourir nos rangs pendant que la lumière décroît lentement dans la salle...

— Toujours est-il que moi, je me sens bien seul dans cette soirée, je ne connais vraiment personne...

Il avise une dame :

— Madame, je vous connais ?

Dénégation embarrassée de la dame.

— Vous voyez... Même madame, je ne la connais pas.

Un temps. Intuition subite. À nous tous :

— Vous étiez là, l'année dernière ? Pour mon prédécesseur, vous étiez là ? C'était comment ? C'était aussi...

Geste fastueux.

— Non, je vous pose la question parce que l'année dernière, moi, je n'y étais pas. Je n'avais pas reçu d'invitation. C'est la toute première fois que je...

Il fronce les sourcils :

— Qui était-ce d'ailleurs, l'année dernière, à ma place, ici ?

Pas de réponse.
Soudain, il demande, d'une voix forte :

— Quelqu'un dans l'assistance est-il originaire de Cholonge-sur-Soulte ?

Il répète :

— Cholonge-sur-Soulte. Non, Soulte, ici, ce n'est pas le maréchal d'Empire, ça s'écrit avec un *e*, comme *la* soulte, mais ce n'est pas ça non plus, ce n'est pas une question d'argent, c'est une rivière. C'est mon village natal, ma rivière d'enfance. Personne n'est originaire de Cholonge-sur-Soulte ? Même lointainement ? Un arrière-grand-oncle natif de Cholonge, non... ?

Il réprime un assaut d'émotion :

— Et moi qui viens de vous remercier avec chaleur, comme si vous étiez...

Il tente un sourire :

— D'ailleurs, non, je ne vous ai pas encore remerciés.

Il lève un index prometteur :

— Je ne vous ai pas lu mon...

Il fouille de nouveau sa poche intérieure mais interrompt une nouvelle fois son geste :

— En tout cas, je n'ai aucune équipe à remercier, moi ; je n'ai pas d'équipe. Pas de troisième cercle. En matière de création il faut que je fasse tout moi-même, je ne peux absolument rien déléguer, je suis beaucoup trop... maniaque, diraient certains... Perfectionniste, je préfère. Concentré ; en un mot : sérieux. Un artisan sur son établi. Mon œuvre, c'est mon œuvre, point final. Je pourrais à la rigueur remercier l'équipe innombrable de ceux qui m'ont fichu la paix pendant que j'y travaillais... Ça, oui. Toute ma gratitude !

Il réfléchit :

— Et puis, tout compte fait...

De la réflexion il passe à la suspicion.

— Tout compte fait, je ne suis pas certain que les lauréats *équipés* la remercient vraiment, leur équipe. Je ne les trouve jamais... convaincants, dans cette partie de la cérémonie. D'ailleurs, jusqu'à quel point la remercient-ils ? Jusqu'au point de partager les bénéfices ? *Je remercie d'abord mon équipe avec laquelle je vais partager mon chèque.* Jamais. Ça, jamais. Enfin, moi, je n'ai jamais rencontré ce cas de figure.

Il nous interroge des yeux, comme s'il nous demandait : « Et vous ? » Il tâte son smoking. Il y cherche son remerciement.

Évidemment, une nouvelle préoccupation le retient. Il fait « non » de la tête... Soucieux :

— Il y a autre chose... à propos du remerciement... en tant que genre.

Un temps.

— Si on y réfléchit bien...

Il a tout l'air de « bien y réfléchir » :

— Si on y réfléchit bien, le remerciement est un genre redondant...

Un temps.

— En tout cas, le remerciement du lauréat après l'attribution d'un prix... Ce n'est pas comme une porte qu'on vous tient. Là, le remerciement va de soi.

Pantomime : Il passe par une porte fictive que quelqu'un est censé lui tenir, il passe, il remercie :

— Merci ! Simple question de civilité : l'un tient la porte, l'autre remercie. Celui qui passe exprime sa gratitude à celui qui a la courtoisie de tenir la... Même si l'autre la tient pour le seul plaisir d'être remercié. Ça arrive. C'est fréquent, même. Les matins d'hiver, surtout, à la sortie des stations de métro, dans ces courants d'air si déprimants, ils vous tiennent obligeamment la porte, vous êtes encore très loin d'eux, ils vous forcent à courir, on arrive : « Merci. — C'est rien ! — Si, si, merci, c'est gentil à vous, merci »... On est complètement essoufflé, on remercie quand même, on les remercie, ça leur fait chaud au cœur et on s'est réchauffé en courant, c'est un échange de bons procédés.

Sa gaieté tombe d'un coup :

— La remise d'un prix ce n'est pas ça du tout.

Explicite :

— Le prix remis constitue lui-même un remerciement.

Très patiemment :

— Me primer pour l'ensemble de mon œuvre, c'est me remercier de l'avoir produite. Merci pour tout, en quelque sorte. Et ils me remettent ce...

Il ébauche le geste d'accepter le trophée. Il envoie un coup d'œil suspicieux au jury :

— Qu'est-ce qu'ils attendent de moi, au juste ? Que je les remercie de m'avoir remercié ?... Jusqu'où ça va nous mener tout ça ?

Certains d'entre nous prennent son parti en souriant. C'est à ceux-là qu'il s'adresse, à présent :

— Et vous ? De quoi dois-je vous remercier, au juste ?

Il semble avoir un doute.

— D'être venus, vous aussi, me dire merci ?

Inquiet, tout à coup :

— C'est bien la raison de votre présence ici, j'espère ? La... gratitude. Non ?

Embarras dans nos rangs.

— Ne me dites pas que vous êtes venus uniquement parce qu'ils vous ont envoyé ces invitations ? Vous n'êtes pas venus *les voir me remercier*, tout de même ? Ça n'aurait pas le moindre intérêt !

L'embarras se prolonge.
Il parle comme s'il avait à se rassurer lui-même :

— Non, non, j'ose espérer qu'en vous donnant la peine de vous déplacer vous êtes venus de vous-mêmes m'exprimer votre reconnaissance pour « l'ensemble de mon œuvre »... Œuvre que vous suivez depuis ses premiers pas, qui, tout au long de ces années, vous a rendus plus...

Geste aérien d'élévation spirituelle.

— Moins...

Ses mains font deux œillères qui bornent son regard.

— Mais aussi plus...

Geste de solide enracinement.

— C'est si complexe ce qu'on doit à une œuvre digne de ce nom ! Ça nous...

Il se prend ardemment le front entre les doigts de la réflexion.

— Tout en nous...

Il gonfle un thorax heureux.

— On se demande qui peut bien être cet homme qui nous libère si facilement de toutes les...

Une grimace et un geste collant évoquent de poisseuses contingences.

— Et, si un tel individu est vivant, bien entendu, si on a l'occasion de le rencontrer, de le voir sur une scène, en chair et en os, de lui exprimer un peu de notre reconnaissance, on y va, on y va, la gratitude l'emportant même sur la curiosité...

Un long temps, où il semble vraiment jouir de notre présence.
Puis :

— Oui, mais mon rôle, dans tout ça ? Vous remercier d'être venus me remercier ?

Il hoche une tête navrée.

— C'est ce qui fait du remerciement un genre très, très, très, très *mineur*, entièrement basé sur le principe de redondance, voué à la tautologie, à l'interminable répétition du même. Incroyablement *limité*, comme genre.

Il énonce, comme un théorème :

— *Toute œuvre qui ressemblerait au speech débité par son auteur pendant la remise d'un prix serait indigne d'être primée.*

Il laisse aux plus lents d'entre nous le temps d'enregistrer :

— Voulez-vous que je répète ?

On sent bien qu'il le répétera si nous le souhaitons. Il est même fichu de nous le faire répéter en chœur. Mais si nous ne mordons pas à l'hameçon, il passera à la suite.

— Non, plus j'y pense, plus ces remerciements au jury, à l'équipe, au public me paraissent... une façon de parler. Une espèce de détour obligatoire pour ne pas avoir à se remercier officiellement soi-même. Il est absolument impossible de se remercier soi-même quand on n'est pas ministre. Quelqu'un qui, n'étant pas ministre, dirait : « Je me remercie... » passerait pour... Pour quoi, au fait ? Un provocateur ? Ce ne serait même pas drôle... Et puis, j'en ai vu des provocateurs ! J'en ai vu s'en prendre au jury, injurier le public, régler des comptes sanglants avec l'équipe justement, arriver tout nus sur scène, ou parfaitement ivres, utiliser le trophée à des fins... clairement détournées... venir en personne faire savoir qu'ils refusaient le prix...

Ici, il ouvre une rapide parenthèse :

— Soit dit en passant, l'espoir de ces débordements constitue une des raisons non négligeables de la fidélité du public à ce genre de cérémonies. Non ?

Il insiste :

— Non ? Vous n'espérez pas vaguement que je...

Brusque geste de folie.

— Me voir me...

Il se disloque davantage.

— Non ? Vraiment ?

4

Il attend un peu, l'œil interrogateur, avant de replonger la main dans la poche de son smoking, avec un sourire d'excuse.

— Avec tout ça, je ne vous ai toujours pas lu mon...

Nouvelle suspension de son geste, la main toujours dans sa poche. Il lève un sourcil. Œil malin.

— Ts, ts... Je sais ce que vous êtes en train de vous dire.

Rectification :

— Enfin, je sais ce que certains d'entre vous pensent en cette seconde précise. Vous

vous dites : « Il n'y a pas de remerciement écrit dans cette poche. » Vous vous dites : « Il n'y a rien du tout dans cette poche... Il n'y a peut-être même pas de poche intérieure dans ce smoking. La main qu'il y plonge et en ressort à intervalle plus ou moins régulier, c'est un truc. Il va une fois de plus la ressortir vide pour nous embarquer dans une nouvelle direction... Il n'a pas écrit de remerciement. D'ailleurs, il n'en a pas besoin, ça fait maintenant une demi-heure qu'il parle sans papier. Il a peut-être écrit tout ce qu'il vient de nous dire, oui, écrit et appris par cœur, mais de remerciement à proprement parler, de remerciement pour le prix qu'on vient de lui décerner, il n'y en a pas. Ma main au feu ! »

Il ressort sa main, découragé.

— Vous avez raison. Je n'ai pas écrit de... remerciement. C'était une espèce de gag.

Il refait le geste deux ou trois fois en s'imitant lui-même :

— « Je vous ai préparé un petit... », « Bien, maintenant que je vous lise mon... », « Bon, avec tout ça, je ne vous ai pas encore lu mon... »

Silence.

— Mon *unique* gag, à vrai dire.

Désemparé :

— Vous imaginez qu'il y a tellement de gestes à faire, dans ma situation ? Vous avez vu...

Il désigne la scène autour de lui.

— Ce... vide ?

Il tourne en rond, visiblement perturbé. Il lance un regard furibond au jury. Il revient soudain à nous.

— Non, je n'ai pas rédigé de remerciement ! Je ne m'abaisserai pas à faire dans la redondance ! Oui, j'ai peut-être écrit et appris tout ce qui précède ! Et alors ? J'ai fait beaucoup plus, je vous l'ai dit ! Je me suis farci toutes les remises de récompenses possibles ! Vous n'imaginez pas comme c'est pauvre en... *gestuelle* !

Il désigne le jury. Indignation progressive. Sa voix enfle.

— Pour eux aussi, c'est difficile, la remise d'un prix ! Quel que soit le prix... Ils n'ont pas énormément de choix, question mise en scène ! Ou c'est la componction ancestrale de l'annonce officielle dans la forêt des micros qui se tendent, à la sortie du célèbre restaurant : « Le prix Machin deux mille et quelques a été remis à M. Untel au soixante-quinzième tour des délibérations par deux voix contre une... » ça ne laisse pas beaucoup de place à... l'épanouissement du corps !

Il est, inexplicablement, dans un état de fureur extrême.

— À moins qu'ils ne vous servent le faux suspens de l'enveloppe ouverte à l'ultime seconde par la star de service sur la scène gigantesque : Convergence des projecteurs, orgie de paillettes, battements de cils et de tambours, atermoiements indéfiniment étirés : « Et le gagnant est... », l'index pris dans l'enveloppe à ouvrir, bien sûr...

Geste : son index coincé dans une enveloppe fictive.

— « Le gagnant est... », « *The winner is...* », « *Der Gewinner ist...* », « *El ganador es...* », « *Il vincitore è...* »

Hors de lui :

— Mais oui, dans toutes les langues ! J'ai vérifié, croyez-moi, ce genre d'insanité fait son trou dans toutes les langues !

Il hurle :

— ET LE GAGNANT EST...

Il brandit le résultat fictif arraché à l'enveloppe fictive, sa voix retombe d'un seul coup :

— Moi.

Son bras s'abat lourdement, son corps s'affaisse un peu, il paraît atterré... Puis, il s'ébroue comme s'il se réveillait. Il reprend conscience de notre présence.

— Excusez-moi.

Quelques secondes encore, et il débite ce qui suit sur un ton monocorde :

— Les solutions ne sont pas beaucoup plus variées pour le lauréat. Il peut exploser de joie en bondissant de son fauteuil, hurler sa victoire, les deux poings brandis, à la face de la postérité : « Ouaiaiaiaiaiaiais, c'est moi ! C'est mouaaaaah ! » Il peut immédiatement présenter ses excuses au concurrent malheureux le plus proche, en chuchotant : « C'est moi, ben oui, mon pauvre vieux, ma pauvre vieille, c'est moi, qu'est-ce que tu veux que je te dise, la prochaine fois ce sera toi, encore heureux que ce ne soit pas ce tocard de... tiens, regarde la tête qu'il fait, ça te consolera un peu... » Il peut feindre l'étonnement le plus complet en jetant autour de lui des regards ahuris : « Comment ? Moi ? Si je m'y attendais ! Parmi tant de talents *z'en lice*... Non, c'est une blague ? Vraiment ? Quelle surprise ! »

Il lève les yeux au ciel.

— Surprise, mon œil ! En tout cas, moi...

Coup de tête vers le jury.

— Moi, ils m'ont prévenu ! C'était même la condition sine qua non de la remise du prix : il fallait que je vienne le recevoir en main propre. Sinon, je serais resté chez moi, vous pensez bien. Un chèque, ça se poste ! Mais non, présence obligatoire... Faute de quoi on le refilait à un autre, le prix. Donc le chèque. C'est pour ça que je me suis entraîné... que j'ai couru toutes les cérémonies de...

Un temps.

— Eh bien, croyez-moi, il y a très peu d'options chorégraphiques, pour le lauréat : Ou il pénètre côté jardin en glissant comme un paquebot de luxe les bras grands ouverts à celui qui va le primer, comme s'il le connaissait depuis toujours... Ou il apparaît timidement côté cour, ne sachant trop quelle attitude adopter... Ou il bondit sur scène, quatre à quatre, éternel jouvenceau (option que, personnellement, j'ai retenue), se saisit du trophée comme d'un étendard et salue directement le public qui l'ovationne, en pensant : « Pourvu que la régie n'éteigne pas trop tôt la loupiote rouge de l'applaudissement obligatoire, c'est toujours ça de passé », et il secoue son trophée comme un shaker...

Il mime le geste.

— Ce qui, par parenthèse, est un geste emprunté à l'univers du sport... à cause du... champagne... les cyclistes... les coureurs automobiles...

Il fait le geste de nous arroser avec une bouteille.

— Ce genre de...

Il cherche le mot juste.

— ... poésie.

Revenant à son énumération :

— Ou il gravit les marches avec une dignité de statue, pose sur le pupitre dressé à cet effet l'offrande de son discours, chausse ses lunettes, et vous sert le fameux remerciement...

Un temps.

Puis, il prend une brusque décision.

— Bon, vous y tenez vraiment, à ce remerciement officiel ?

Il n'attend évidemment pas notre réponse :

— « Monsieur le ministre, Monsieur le Président perpétuel, Mesdames et Messieurs du jury, Monsieur le banquier, que je me garderais bien d'oublier... mesdames, mesdemoiselles, messieurs, chers amis... »

Il marche de long en large et, comme s'il nous dictait une recette de cuisine :

— Après les salutations d'usage, plongez tout de suite dans la marmite aux références. On cite, on cite : Leonardo da Vinci, Hugo, Fellini, Mozart, Heidegger, Mallarmé, Shakespeare, Le Corbusier, Renoir père et fils, Mick Jagger et Pauline Carton, Django Reinhardt et les précolombiens... Et on touille la soupe, s'il vous plaît, on disserte sur ce qu'on doit aux uns et aux autres, ce terreau si riche et si varié où plongent nos racines, on rend grâce à ce qu'on a vu, lu, entendu depuis tout petit-petit, sans oublier ce qu'on doit à nos contemporains, bien entendu, histoire de montrer qu'on a l'esprit large, la reconnaissance ouverte : citer Untel... « toute mon admiration »... et Tel autre... « à qui je dois tant »... Ce genre de...

Brusque interruption.

— Non... pas moi... Ah ! non, pitié... Il ne faut tout de même pas... On veut bien être primé, mais on a sa...

Il nous regarde, désarmé.

— Quand on songe à la nécessaire solitude... Les si longues plages du doute... Et ces moments de bonheur tellement gratuits...

Sourire rêveur.

— Ô le bonheur des petits matins quand l'idée vous fait jaillir du lit... Parce que ce n'est pas le coq qui vous réveille, ni le passage des poubelles... Ce n'est pas non plus la perspective du prix ou l'ambition de laisser une trace... C'est l'urgence de ce petit coup de burin auquel vous songiez en vous endormant... cette touche d'ocre rouge dans le coin droit de votre toile, là-haut... Voilà ce qui vous fait sauter du lit ! Le son entêtant d'une note qui promet l'harmonie... ce petit rien de plume, une virgule peut-être, une simple virgule... une nuance essentielle... le minuscule de l'œuvre... trois fois rien... juste la nécessité... Dieu de Dieu, la beauté de ces aubes nécessaires, dans la maison qui dort...

Il sourit un long moment, puis revient brutalement au remerciement officiel :

— Ah ! J'allais oublier : causer « rayonnement » aussi ! Tartiner à tout-va sur le « rayonnement », la place que nous nous devons de tenir dans le rayonnement culturel de notre pays, de notre art, de nos valeurs... « Et si ma *modeste* contribution pouvait... » Oui, une rapide allusion à la modestie du lauréat est toujours bienvenue, se poser en personnage tellement ordinaire qu'on en devient discrètement exceptionnel : « Si par ma modeste contribution j'ai pu tant soit peu aider au rayonnement de... », et se glisser en douceur dans le camp des irréprochables, ceux à qui on ne peut absolument pas imputer le monde tel qu'il va : « Depuis le temps que je me bats contre... », « une existence entière vouée à... », mais pourtant déclarer qu'on l'aime le monde, qu'on l'aime l'humanité, qu'on les aime les...

Profondément abattu :

— Non... même enfant, pour la fête des mères, ce genre de... je ne pouvais pas.

Au bord des larmes :

— Ce n'est pas que je ne l'aimais pas, maman... Ce n'est pas que je ne vous aime pas... ce n'est pas faute d'amour... mais... Ah ! non, le coup du remerciement calibré à maman, en louchant sur le dessin des petits camarades... parce qu'on ne peut pas s'empêcher de pomper sur le dessin du copain...

Soudain découragé :

— Tout ça est d'une pauvreté... affligeante.

Un temps.

— Dégradante.

Épuisé :

— Et vous venez me reprocher mon...

Il refait le geste de plonger sa main dans son smoking.
À la surprise générale, il en sort une dizaine de feuillets dactylographiés.

5

Constatant notre stupéfaction, il explique, agacé :

— Mais non, ce n'est pas un remerciement... C'est le règlement du prix.

Il feuillette le règlement.

— Il faut que je vérifie quelque ch... Ah ! voilà !

Il fronce les sourcils en lisant.

— C'est bien ce que je craignais. Une heure et quart. C'est écrit noir sur blanc : La prestation du lauréat durera entre soixante-quinze et quatre-vingt-dix minutes.

Conciliant :

— Bon, disons soixante-quinze.

Il regarde sa montre et se replonge dans la lecture du règlement.

— « En contrepartie... »

Il lève un œil.

— Oui, il y a une contrepartie.

Il lit :

— « En contrepartie de la somme forfaitaire qui lui est attribuée, le lauréat s'engage à se produire devant le public de ses admirateurs dans les vingt-trois villes suivantes : Chartres, Melun, Beauvais, Rennes, Nantes, Châteauroux, Tours, Auxerre, Montbéliard, Bar-le-Duc, Clermont-Ferrand... »

Il saute des lignes.

— « Sa prestation devra revêtir tous les caractères de la spontanéité... »

Il hoche la tête.

— Quel style !...

Une feuille d'un autre format s'échappe et tombe à ses pieds.

— Zut !

Il la ramasse.

— La note de l'hôtel...

Il s'apprête à la remettre dans sa poche, quand un détail attire son œil.

— Tiens, je ne l'avais pas vu, ça.

Il relit :

— Le minibar est à mes frais.

Il confirme en nous lisant à voix haute :

— « Le minibar est à la charge du lauréat. »

Il reste un certain temps les yeux rivés sur cette phrase.

— Ah ! il n'est pas à mes *frais*, il est à ma *charge*. « Le minibar est à la *charge* du... »

Le mot lui donne à réfléchir.

— À ma charge...

Il range rêveusement les papiers dans son smoking.

— Les mots...

Il regarde à ses pieds, à hauteur de minibar, avec une certaine tendresse.

— Bien sûr...

Il s'accroupit lentement. Ses mains semblent se poser sur les épaules d'un enfant qu'il regarderait dans les yeux. Puis, de la main droite, il ouvre une porte fictive.
Aussitôt son buste et son visage sont nimbés d'une lueur pâle.

Il murmure :

— C'est une lumière *intérieure*.

Il contemple gravement cette intériorité, puis il referme la porte. La lumière s'éteint. Il reste accroupi quelques secondes. Il se relève tout en gardant les yeux posés sur le minibar.
Puis il dit, le plus sérieusement du monde :

— Les minibars sont des enfants.

Comme certains d'entre nous semblent en douter, il demande :

— Vous ne me croyez pas ?

Un temps.

— Vous ne pensez pas que les minibars sont des enfants ?

Il ordonne :

— Fermez les yeux.

Il insiste. Il est très sérieux.

— Fermez les yeux, je vous en prie... Et maintenant, imaginez-vous dans cette chambre, à ma place... C'est une soirée d'hiver... Enfin, pas nécessairement, il n'y a pas de saisons dans ce genre d'hôtels... Gardez les yeux fermés, je vous en prie, imaginez...

Il attend que nous *imaginions*.

— Vous dans cette chambre... Vous vous apprêtez à venir retrouver vos... « admirateurs »... Un dernier coup d'œil dans la glace... Vous rectifiez votre nœud papillon... Vous ébauchez le geste de votre gag unique... Ça va, il est au point, vous en êtes à votre douzième ville. Avant de quitter la chambre...

Presque suppliant :

— Non, non, gardez les yeux fermés, je vous en prie, imaginez cette chambre d'hôtel, imaginez-la *vraiment*... Avant de quitter la chambre, vous vous accroupissez devant le minibar... vous ouvrez sa petite porte...

Lui ne bouge pas, il reste debout, mais le voilà de nouveau nimbé par la lueur du minibar. Il parle sur un ton lentement hypnotique.

— Vous vous servez un... discret encouragement... que vous avalez vite fait, dans le halo de cette lumière intérieure... Puis vous vous redressez, vous posez la mignonnette vide sur le minibar que vous refermez.

De fait, la « lumière intérieure » disparaît.

— Et vous ouvrez la porte de la chambre.

Il répète, toujours sur ce ton d'hypnose :

— Vous éteignez la lumière. Vous sortez dans le couloir et vous laissez la porte se refermez derrière vous...

Presque suppliant :

— Non, gardez les yeux fermés, s'il vous plaît, et maintenant, concentrez-vous sur le minibar que vous avez abandonné dans cette chambre d'hôtel... Il est *seul* à présent... tout seul dans la pénombre... immobile dans ce silence de moquette... jusqu'à votre retour... cette petite bouteille vide sur la tête...

Un temps. Il regarde le minibar à ses pieds, et dit, très pénétré, avec une réelle inquiétude d'adulte :

— Tous les enfants sont fils et filles de Guillaume Tell ; ils ont tous une pomme en équilibre sur la tête...

Il ajoute :

— Et ils ne sont pas à nos frais. Ils sont à notre charge.

Il se tait.
Il est profondément ému.
Son silence est comme prolongé par le nôtre.
Puis, il revient à lui.
Il regarde sa montre.
Il hoche la tête, et lève les yeux au ciel.
Léger sourire.

— Faire passer des minibars pour des enfants, je vous demande un peu...

Baissant le ton :

— Sans compter que c'est de la création, ça !

Coup d'œil craintif au jury.

— Et je n'y ai plus droit !

Développement :

— Ils viennent de me primer pour *l'ensemble* de mon œuvre ! Finie, la création. Mon œuvre est derrière moi. Définitivement. C'est la signification *seconde* du prix qu'ils viennent de me décerner. En ce qui me concerne, c'est la première. Plus le droit de créer. Place aux jeunes, en quelque sorte...

Inquiet :

— Y a-t-il dans la salle un jeune qui... ?

6

Sans attendre la réponse, il récapitule :

— Résumons-nous. Privé de gag, interdit de création et...

Il regarde sa montre.

— Encore vingt minutes à passer ensemble.

Froncement de sourcils.

— À quoi puis-je employer cette éternité sans que la salle se vide ?

Parenthèse :

— Ce qui entraînerait la rupture du

contrat et la restitution de la somme forfaitaire attribuée au lauréat.

Il confirme en tapotant la poche de son smoking :

— C'est écrit, là, en toutes lettres. Petites, mais toutes. Et dans ce style contractuel parfaitement déprimant. Alors, je vous en prie, aidez-moi, essayons de trouver une solution...

Très gêné ; comme s'il voulait nous épargner une corvée :

— On ne va quand même pas parler de mon œuvre, vous la connaissez aussi bien que moi !

Il réfléchit.

— Non...

Il réfléchit encore.

— Ce qu'il faudrait...

Il hasarde un sourire.

— Oui...

Il se convainc lui-même.

— Oui, peut-être, oui...

Il est convaincu.

— Mais bien sûr, c'est ça !

Au comble de l'enthousiasme :

— Ce qu'il faut, c'est profiter de la circonstance pour renouveler les lois du genre ! Vous et moi, tous ensemble !

Précision :

— Le genre du *remerciement*... Vivifier un peu ce... En faire un moment de sincérité. Tailler le compliment dans la même étoffe que la vie, nous tous, ici et maintenant.

Au jury, avec humeur :

— Vous ne pourrez pas nous reprocher de faire dans la création, là !

À nous, toujours désignant le jury :

— Non, là, nous serons dans l'ordre de la réflexion pure où, évidemment, ils ne nous attendent pas.

Un temps.

— Et plus aucun besoin de gag ! Il s'agit de raisonner *juste* sur la base d'une *réalité* on ne peut plus *objective* : le *remerciement* comme *genre*, dans le but d'y apporter une amélioration substantielle, sa ration d'authenticité !

Il semble tenir notre accord pour acquis. Regonflé.

— La première tentation, évidemment, c'est d'inverser carrément la tendance : faire du remerciement, genre jusqu'à présent centrifuge, un genre désormais centripète. Ou, si vous préférez, placer la périphérie au centre et rejeter ce ramassis de...

Il désigne le jury d'un geste vague :

— Ce pseudo-centre, très loin au-delà du dernier cercle, quelque part dans le... néant.

C'est la première tentation, oui : ramener enfin au cœur de notre gratitude ceux qui doivent être remerciés en priorité, pour la simple raison que nous leur devons tout. Le premier cercle, le vrai ! La famille, les Nôtres, en un mot.

On sent qu'il a mis une majuscule à « nôtres ».

D'ailleurs, il répète :

— Les Nôtres !

Il s'approuve :

— Oui.

Un temps. Il y réfléchit très sérieusement.

— Ouais...

Froncement de sourcils.

— Il y a un hic.

Un temps.

— Ça a déjà été fait.

Il confirme :

— Oui, j'ai vu ça deux ou trois fois. Des lauréats et des lauréates remercier leur père, leur mère, leur nounou, élargir parfois : frères, sœurs, femme, mari, remonter jusqu'à un aïeul...

Circonspect :

— Comment vous dire ce que j'ai ressenti ?

Il cherche à voix haute comment nous le dire :

— Pas seulement le sentiment d'une certaine indécence... d'un défaut manifeste de pudeur... d'une violation publique de leur intimité... d'un désir infantile de ne pas passer pour ingrat, non, autre chose... Comme l'intrusion d'un... d'un *doute* dans cette démonstration d'affection... Une paille dans l'acier de la gratitude... Oh ! presque rien, un bémol à peine perceptible... Mais qui nous fait une curieuse impression.

Il imite un lauréat :

— « Je tiens à dédier ce prix à mes parents, malgré... »

Se reprenant très vite :

— « Non, malgré rien, merci de tout mon cœur, je... »

Geste de fatalité.

— Mais c'est trop tard, le lauréat vient d'entrebâiller la porte de l'armoire familiale ; le fameux parfum du *non-dit* a aussitôt envahi tout le volume disponible... Chacun de nous l'a reconnu, et les thérapeutes présents dans la salle préparent déjà leur carte de visite...

Navré :

— Non, en famille, le remerciement c'est parfait pour les épices. « Passe-moi le sel... merci. » « Un sucre ? » « Merci. » Pour les portes, aussi, comme dans le métro : « Merci. » Et pour les cadeaux de Noël, bien sûr : « Oh ! un beurrier électrique, c'est exactement ce dont j'avais envie, merci ! »

On dirait qu'il découvre avec nous ce qu'il est en train de nous dire. Il en est stupéfait lui-même :

— C'est vrai, il faut attendre de dépiauter les cadeaux de Noël pour mesurer à quel point nos plus proches nous ont perdu de vue ! À l'heure du choix, dans les magasins, nous ne leur rappelons personne. Pas la moindre idée de nos goûts, aucun soupçon de nos envies, ni le plus petit souci de nos besoins réels... Ce n'est même pas comme si nous étions quelqu'un d'autre, c'est comme si nous étions n'importe quel autre. Quelquefois, d'ailleurs, ils se trompent, ils glissent notre cadeau dans la chaussure d'un beau-frère ; personne ne s'en aperçoit...

Un temps.

— Petits, c'était différent, le Père Noël nous reconnaissait à notre signature ! On mesurait son affection au respect de la commande, c'était « mon » cadeau « à moi » ! Mais, les années passant, la maturité venue, ça devient des cadeaux... d'entreprise. À chaque Noël, on a l'impression de quitter la boîte, ou de partir à la retraite. Alors forcément, à cadeau d'entreprise remerciement d'entreprise : « Oh ! un pistolet à confiture, c'est exactement ce dont j'avais envie, merci, chers collègues, vraiment, merci. »

Attendri, soudain :

— Des enfants à la retraite... et toujours cette pomme en équilibre sur la tête...

Changement de cap :

— Et puis, il est inutile de remercier la famille. Votre prix leur fait un plaisir fou. Jusqu'à ce qu'on vous le remette ils se demandaient ce que vous fichiez *exactement* dans la vie. C'était même une question que les plus délicats évitaient de vous poser. Les autres, bien sûr : « Alors, tu peins toujours ? Tu écris encore ? Ça paye, ta musique ? Eh ! Bergman, tes petits scénars, pour la télé, ça roule ? »

Un temps.

— Maintenant, ils savent : ils ont produit un génie ! Enfin, *du* génie... Votre mère, votre mari, votre femme, vos cousins les plus éloignés... auréolés de votre gloire, tous !

Désabusé :

— Absolument impossible d'éviter l'épidémie d'auréoles...

Un temps.

— Même votre fils...

Se reprenant :

— Non, pas votre fils, votre fils souffre, il est en crise : il se rêvait fils de crétin, le voilà fils de lauréat, imaginez le marasme ! Il en chie un maximum, votre fils.

Il conclut, en faisant non de la tête :

— La famille placée au cœur du remerciement... tout compte fait... je le déconseillerai à celui qui me succédera...

Une évidence subite :

— Mais non, que je suis bête ! Vous le préviendrez, vous, l'année prochaine ! Des petits signes discrets...

Il fait des « petits signes discrets » à quelqu'un qui se trouverait sur une scène ; il parle muettement, et sur ses lèvres on peut lire : « Pas la famille ! Pas la famille ! »...
Il se tait.
Il réfléchit.

— Alors qui ?...

Il se creuse la tête.

— ... Les amis ?

Il se détend. Il sourit.

— Peut-être...

Ému :

— La famille élective... Ceux que nous avons choisis nous-mêmes, au fil des ans, un par un, en toute conscience, les meilleures bouteilles, qui nous ont connus quand nous n'étions... pas grand-chose... qui nous ont soutenus dans la débine et se réjouissent de nos succès parce qu'ils nous ont toujours admis pour ce que nous sommes, ni plus ni moins...

Un temps.

— Les intimes...

Il s'approuve avec chaleur :

— Placer les meilleurs amis au cœur du remerciement... Évidemment, c'est la moindre des choses !

Il sourit aux anges.

— Oui...

Ravi :

— Oui... oui... oui...

Puis :

— Non...

Il revient à regret sur son enthousiasme :

— Non, non...

Définitivement :

— Non.

À nous, comme si nous avions participé à sa réflexion :

— Non, ce n'est pas le même problème que la famille, c'est autre chose...

Il fronce les sourcils.

— J'ai assisté à ça aussi, le remerciement aux amis...

Il cherche le souvenir le plus exact possible.

— Le lauréat part bille en tête, très sûr de son affection, très à l'aise dans la reconnaissance, il est au cœur de la cible, pas de problème, ce sont ses meilleurs amis, aucun doute : « Je tiens d'abord à remercier... » il cite deux ou trois noms qui sonnent juste... et puis... une première hésitation...

Précision :

— Non, pas du tout la même hésitation que pour la famille, un autre genre... Ah ! comment vous dire... ?

Pour mieux se faire comprendre, il descend parmi nous et désigne un candidat fictif qui serait à sa place, sur la scène.

— Bon, il y a moi, assis dans mon fauteuil, ici dans la salle, parmi d'autres vous, et le lauréat, un autre moi, là-haut, seul sur la scène, occupé à remercier ses meilleurs amis. Et moi, peu à peu, j'ai l'impression que le lauréat obéit moins à un sentiment de gratitude réelle qu'à un souci d'exhaustivité illusoire. Regardez-le bien... Il est en train de se rendre compte qu'il s'est attaqué à une tâche impossible. C'est qu'ils sont nombreux, les meilleurs amis ! Ça ne se fait pas du jour au lendemain, *l'ensemble d'une œuvre,* alors forcément, les années se sont accumulées, et les meilleurs amis avec ! Et voilà qu'en égrenant les noms, le lauréat découvre que ce foutu remerciement, c'est l'heure du tri ! Il ne s'y attendait pas du tout. Le tri ! Le classement ! L'ordre hiérarchique ! Parce qu'en matière d'amitié, on a beau dire, il y a meilleur et meilleur...

Il remonte sur scène.

— À chaque personne que le lauréat remercie, on l'entend littéralement penser : « Bon Dieu, je suis en train d'oublier quelqu'un de très cher, de plus cher, peut-être, mais qui ? »... Et dès qu'il remercie chaleureusement la personne dont il vient de se souvenir in extremis, on voit se peindre sur son visage la terreur d'un nouvel oubli...

Il se désigne, assis dans la salle.

— Et moi, dans mon fauteuil, je me dis : Si j'avais su j'aurais apporté mon thermos...

Résigné :

— Eh oui, c'est long la gratitude, et c'est comme la charité : il ne faut oublier personne. Or on oublie toujours quelqu'un. Il y en a toujours un qui passe au travers. Et vous pouvez être tranquille, ce sera celui-là

— serait-il le seul sur un million ! — qui vous reprochera de ne pas l'avoir remercié.

Il confirme :

— Les autres estimeront que votre reconnaissance va de soi, affaire d'amitié, mais lui, lui, l'oublié, il se chargera de faire votre publicité !

Il regarde sa montre, mais ne dit rien.

— Non, remercier les intimes... trop délicat... susceptibilités inflammables !

Regard méprisant au jury.

— Ce n'est tout de même pas une raison pour remercier n'importe qui !

Et, nous désignant tous, sincèrement désolé :

— D'un autre côté on ne peut pas non plus remercier tout le monde...

7

Il grogne :

— Renouveler le genre... c'est tout moi, ça ! Sous prétexte qu'on me prime pour l'ensemble de mon œuvre, voilà que je me mets en tête de bouleverser les règles d'un genre... que dis-je d'un genre, d'une *Institution* planétaire ! L'humanité entière se congratule et se remercie sous l'œil de toutes les caméras, et moi, je débarque, un beau soir, comme une fleur, avec la prétention de renouveler le...

À nous, gentiment ironique :

— Merci pour votre aide, soit dit en passant.

Un temps.

— Merci beaucoup.

Long silence.
Quelque chose le travaille.

— « Merci beaucoup »...

Une lueur dans l'œil.

— Vous avez observé qu'on remercie toujours *beaucoup*, jamais *peu* : « Merci beaucoup », oui. « Merci un peu », non. « Merci bien », oui, « Merci moins », non. Ne se dit pas. En amour, en revanche, on peut aimer peu, aimer moins, voire beaucoup moins, et le dire : « Je t'aime beaucoup moins », à part l'intéressé(e) ça ne choque personne. Mais « remercier moins », ce n'est pas envisageable. On remercie toujours plus. Le problème avec la gratitude c'est qu'elle est vouée à l'inflation. Contrairement à l'amour qui, lui, aurait plutôt tendance à...

Geste d'amenuisement.

— En sorte qu'il nous faut remercier de plus en plus des gens qu'on aime de moins en moins...

Moue sceptique.

— Notez qu'on ne peut pas non plus dire « merci » à une personne qui nous fait don de son amour. Ce ne serait pas... Essayez, pour voir : « Je t'aime. » « Merci beaucoup ! » La réponse n'est pas satisfaisante.

Il laisse s'évaporer les petits rires.
Puis, très sérieux :

— Elle devrait l'être, pourtant...

Tout à coup il s'adresse à quelqu'un d'invisible.
Quelqu'un qui viendrait de parler à l'intérieur de lui-même.
Quelqu'un à qui il répond avec une tendresse et une gratitude infinies :

— Tu m'aimes ? Vraiment, tu m'aimes ? Oh ! merci beaucoup... Mon nom va enfin signifier quelque chose...

Un long moment d'émotion.
Il répète, profondément :

— Merci...

Il ajoute :

— Beaucoup.

Sur quoi, il atterrit et chasse cette idée de la main.

— Mais non, ça ne se fait pas. Merci à tout et à n'importe quoi mais pas à l'amour...

Il s'énerve :

— Cette perpétuelle obligation à la gratitude, pourtant... C'est que ça commence très tôt ! Et ça part dans tous les sens : Qu'est-ce qu'on dit ? Merci ! Merci qui, merci mon chien ? Non, merci m'man ! Dis merci à tata, aussi... Merci tata, merci tonton, merci m'sieur !

Il s'emballe :

— Merci mon pote ! Chère Madame, merci infiniment... Veuillez agréer, Monsieur le doyen, l'expression de ma reconnaissance la plus... Merci, tout l'monde !

Un téléphone fictif à l'oreille :

— Ouais, merci, ouais, c'est ça, ouais, merci, ouais, quoi ? Non, merci, non, quoi ? Merci, non, vraiment, mer...

Il raccroche.

— Trois cents grammes bien pesés, je vous le dégraisse ? Merci, oui. Non, c'est moi, merci pour votre confiance... Merci d'avoir sélectionné mon appel mais je tiens d'abord à vous remercier pour la qualité de vos émissions... Signez ici, merci, et ici juste votre paraphe, merci... Voiaaaaalà, merci... Après en avoir délibéré, la cour vous condamne à quinze ans de prison ferme. Merci !

Il rêvasse quelques secondes, puis, comme s'il avait oublié le plus important, il se penche vers nous, confidentiel :

— À propos, merci de laisser ces lieux aussi propres que vous souhaitez les trouver en...

A-t-il entendu une réflexion, un petit rire ?

— Non, je ne m'amuse pas ! J'en ai l'air mais... Je me penche sur le *mot*, figurez-vous ! « Merci. » Le mot clef. Je réfléchis ! Quand on a la prétention de chambouler le genre du... c'est la moindre des...

Il désigne le jury, et, baissant la voix :

— Vous n'avez pas l'air de vous rendre compte que je suis à leur merci !

Regard traqué.

— Ils m'écoutent, ils me jaugent... Ils peuvent me remercier comme un malpropre, d'une seconde à l'autre... C'est écrit, là !

Il tapote sa poche.
Un temps.
Toujours parlant du jury :

— Je les connais, va : ils sont sans merci !

Ils sont fichus de me laisser m'épuiser sur cette scène jusqu'à ce que je crie merci...

Il nous regarde, avec un air de soulagement qui semble dire : Je vois que vous m'avez compris !

— Eh oui, tout est là : que peut-on attendre d'un mot aussi ambigu ? D'un verbe qui exprime un sentiment et son exact contraire ?

Il nous tend la main comme pour serrer la nôtre :

— Je vous remercie...

Puis nous congédiant d'un revers :

— ... vous êtes remercié !

Contrarié :

— Du coup, très... suspect... le *genre* du remerciement... Pas commode à renouveler...

Il nous désigne avec un demi-sourire :

— Surtout avec une pareille équipe !

Mezza voce :

— Sur ce point, je ne vous remercie pas.

Il fronce les sourcils.
Surprise.
Illumination, même.

— Vous avez entendu ? Vous avez entendu ce que je viens de dire ?

Il attend qu'on se souvienne.

— « Je ne vous remercie pas »...

Tout heureux de sa trouvaille :

— À la forme négative, le verbe remercier perd toute son ambiguïté ! Jusqu'à preuve du contraire, « je ne vous remercie pas », ça veut dire : « Je ne vous remercie pas. » À quelqu'un qu'on ne renvoie pas, on ne lui dit pas : « Je ne vous remercie pas », on lui dit : « Je vous garde. » Non, non, réfléchissez-y bien : « Je ne vous remercie pas » veut *juste* dire je ne vous remercie pas. Aucune erreur d'interprétation possible.

Pensif :

— Il y a peut-être une piste, là...

Il cogite :

— Si on plaçait au cœur du remerciement une personne qu'on ne remercierait pas... Le genre gagnerait peut-être en clarté... et à coup sûr en sincérité !

Gourmand :

— Voyons... voyons un peu... Qui est-ce que je ne remercierais pour rien au monde ?

Son regard semble chercher quelqu'un parmi nous.

— Pour commencer, éliminons le plus gros : je ne remercie aucun ministre !

Il lève une main conciliante.

— Non, je n'ai rien contre les ministres... Mais il s'agit de renouveler un genre basé sur la tautologie. On ne va donc pas remercier des gens qui se félicitent eux-mêmes ! Ça ne renouvellerait rien du tout !

Un temps.
Réfléchissant à voix haute :

— Ceux qu'on ne remercie pas... Ce n'est pas comme avec les amis ; on ne peut pas espérer être exhaustif ici, il y en a beaucoup trop.

Lucide :

— La sagesse serait de n'en trouver qu'un. Un seul. Un qui serait absolument indigne de nos remerciements. Un indigne... idéal ! Qui incarnerait tous les autres... Celui qu'on ne remercierait même pas sous la torture ! Voyons...

Il cherche.
Il cherche.
Il est sur le point de trouver.
Il trouve.
Oui, il a trouvé !

Son visage s'empourpre.
Il s'écrie :

8

— Monsieur BLAMARD, je ne vous remercie pas !

Conscient de la surprise créée par le surgissement de ce nom propre, il tient à faire une déclaration liminaire :

— Monsieur le ministre, Monsieur le Président perpétuel, Mesdames et Messieurs du jury, Monsieur le banquier, mesdames, mesdemoiselles, messieurs, chers amis, vous m'en êtes témoins, jusqu'à présent j'ai respecté le plus strict devoir de réserve. Si j'ai pu être vif, je n'ai jamais été offensant. Si j'ai pu paraître critique, ce ne fut contre personne en particulier. Je n'ai pas brocardé mes concurrents, je n'ai cité nommément aucun membre de ma famille, j'ai épargné mes pires amis, et si certains noms connus vous sont néanmoins venus à l'esprit en m'écoutant, il ne faut vous en prendre qu'à votre propre malveillance.

Un temps. Brusque fureur :

— Mais avec Blamard, c'est autre chose. Monsieur Blamard, je ne vais pas vous remercier !

Il fait un gros effort pour se dominer. Sa voix devient grave, évocatrice.

— Mes origines... Cholonge-sur-Soulte... En ces temps où les hannetons existaient encore dans les cours de récréation... Où les hivers étaient des hivers... Où la Soulte gelait au point que les goujons et les perches restaient saisis des glaces... On les voyait, par transparence, attendre le printemps, pendant que nous patinions sur leur ciel... Cholonge-sur-Soulte... Il y a très longtemps de cela... Je n'étais alors qu'un minibar abandonné sur les bancs de l'école communale... J'avais si froid, dedans... Ces hivers-là, l'encre gelait dans nos encriers de porcelaine... Violette et gelée au petit matin, oui... Et gourds, nos doigts, malgré nos mitaines, ô combien !... Et bleues, nos jambes, lorsque M. Blamard rectifiait notre alignement sous l'exact vent coulis du préau... Parce qu'il ne suffisait pas d'être né à Cholonge-sur-Soulte, ni d'y grandir si lentement, dans la vaine attente que quelque chose s'y passe, dans le vain espoir d'y rencontrer quelqu'un qui ne fût pas de Cholonge-sur-Soulte, non, il ne suffisait pas d'être natif de Cholonge-sur-Soulte et voué à un monde où personne ne serait de Cholonge-sur-Soulte, il fallait aussi y être enseigné par M. Blamard !

Long silence.
Souvenirs pénibles...

— M. Blamard pratiquait une pédagogie qui avait à voir avec le remerciement, comme genre. Une pédagogie... centrifuge... au sens ondulatoire du terme. En ces matins où la glace nous séparait de l'écriture, M. Blamard confiait à son meilleur élève l'honneur d'allumer le poêle de notre classe. Puis, il nous rangeait, par cercles de mérite décroissant, de plus en plus loin de la chaleur.

Un temps.

— Combien y avait-il de cercles dans l'infinie réprobation de M. Blamard ? Et combien de pommes, dans sa poche ? Je l'ignore... Je sais seulement que j'ai passé toute mon enfance, la pomme de son mépris posée sur la tête, à dériver sur un morceau de banquise que ne réchauffait aucun rayon de soleil, jamais... Mon Dieu, cet abandon... J'étais si loin de tout... C'était comme si la classe n'avait pas eu de murs... Mais toujours sous l'œil de M. Blamard, pourtant, qui nous tenait en joue jusqu'aux confins les plus extrêmes de sa vigilante indifférence...

Parenthèse :

— Ils sont comme ça : ils se foutent absolument de vous mais ils ne vous lâchent pas des yeux...

Long frisson :

— Cet éclat de glace, dans l'œil de M. Blamard... Et savez-vous ? Le savez-vous, le plus terrible ? Non, ce n'était pas la solitude du minibar refermé sur sa lumière intime... Ce n'était pas le dédain glacial de M. Blamard, non plus... C'était tout le contraire... c'était cette peur de chaque instant... peur que la pomme ne tombe de ma tête et n'aille rouler tout là-bas, jusqu'aux pieds de M. Blamard, pour lui rappeler mon existence infâme... Oh ! cette peur !

Il se fige.

— J'en ai gardé... comme une raideur... vous n'avez pas remarqué ?

Tout à coup, oui, il nous semble un peu raide... la nuque, peut-être.

— Personne n'a eu une enfance plus immobile que la mienne...

Un temps.

— Plus hermétiquement refermée sur sa propre lumière...

Un temps.

— Personne n'a aspiré si précocement, si résolument, à se faire oublier.

Silence.
Il chuchote :

— Oubliez-moi, monsieur Blamard... oubliez... je n'y suis pas...

Silence.
Il ouvre les bras.

— Total, me voilà devant vous... sous les « projecteurs de la gloire », comme on dit... la même pomme sur...

Il désigne le sommet de son crâne.

— Et cette peur au ventre... très ancienne pétoche... que je combats depuis...

Il regarde sa montre.

— Une heure et quart, bientôt... Peur que la pomme ne tombe à mes pieds et n'aille rouler jusqu'à...

Geste, vers les travées de la salle, comme si la pomme risquait de rouler vers un M. Blamard qui serait assis parmi nous...

Il semble réellement terrorisé par cette perspective.

Un long temps.

Ce qu'il lit sur nos visages le détend un peu.

Il esquisse un sourire.

— Oh, je sais... je vous entends... gentiment consolateurs : « Mais non, ce n'est pas une pomme sur ta tête... Ce n'est *plus* une pomme... La pomme de M. Blamard a pris racine... c'est un pommier à présent... Une splendeur d'arbre !... Lourdes ramures, ployant sous le faix de ton œuvre... ton œuvre présente et à venir, quoi qu'en disent ceux qui prétendent la réduire à un "ensemble"... Tes branches continuent de pousser et l'arbre de produire... si, si, écoute... on entend mûrir tes nouveaux fruits... »

Il tend l'oreille.

— Vous croyez ?

Il écoute. Malgré toute sa bonne volonté,

il n'entend pas grand-chose. S'il écoute encore un peu, c'est pour ne pas nous faire de peine.

— Et puis, il y a ceux qui commencent à se dire : « Mais, tout compte fait, somme toute, si on y réfléchit bien, l'un dans l'autre et tout bien pesé, sans ce traumatisme originel, tu ne l'aurais sans doute jamais créée ton œuvre ! Sans la dérive du minibar sur l'infini de ta banquise enfantine, rien n'aurait été conçu de cette œuvre qui nous a tant… »

Il gonfle un thorax heureux.

— « Tout en nous… »

Il se prend ardemment le front entre les doigts de la réflexion.

— « Sans M. Blamard nous serions toujours aussi… »

Ses mains font deux œillères qui bornent son regard.

— « En sorte que toi comme nous lui devons une fière chandelle à l'ami Blamard ! C'est grâce à lui que nous sommes les témoins privilégiés de ton couronnement ! »

Résigné :

— Encore un peu de patience et j'entendrai les premières voix me suggérer de remercier M. Blamard : « C'est Blamard, que tu dois remercier... », « Sans cette blessure d'enfance infligée par M. Blamard tu n'aurais jamais... », « Mais oui, s'il n'y en a qu'un à remercier, un seul au monde, c'est M. Bla... »

Il coupe court en hurlant :

— JAMAIS !

Menaçant :

— Vous m'entendez ? Jamais ! « Merci Blamard ? » Jamais !

Il répète :

— Jamais.

Complètement désemparé :

— Mais bon Dieu, se peut-il qu'il n'y ait vraiment personne à remercier ? Personne d'autre qu'un bourreau d'enfants ? Vraiment ?

Au comble du désespoir :

— On ne peut tout de même pas concevoir un monde où jamais personne ne remercierait personne ! Sauf pour les portes ! Un monde où on ne ferait que des cadeaux d'entreprise, où le merci ne se concevrait que mis en scène ! Et ne serait retransmis que dans les « conditions du direct » !... Un monde si pareil au nôtre, ce n'est quand même pas imaginable !

Une question :

— D'où me viendrait alors cette gratitude qui m'a poussé jusqu'à vous ?

La lumière baisse. La nuit tombe autour de lui, elle va l'engloutir. On dirait qu'il continue de parler pour conjurer cet effacement.

— Parce que ce n'est pas leur prix qui m'a attiré jusqu'ici, ni le chèque...

Une légère concession :

— Bon, si, admettons, mais là n'est pas l'essentiel. Je suis venu pour... je suis venu à la recherche de... *quelqu'un*... c'est quelqu'un qui m'a attiré ici, la promesse d'une rencontre qui m'a fait grimper sur cette...

Il désigne la scène, et à le voir scruter la salle comme un océan, on le croirait sur une île déserte guettant désespérément l'arrivée d'un bateau. La lumière continue de baisser. Le noir gagne. Ses pieds, ses jambes, son torse disparaissent peu à peu. Il parle comme on appelle à l'aide.

— Quelqu'un que je voudrais remercier... de tout mon cœur... mais je ne trouve pas les mots, tellement je lui suis reconnaissant... quelqu'un que vous connaissez très bien...

Tout a disparu maintenant.
On ne voit plus que son visage.

— Rappelez-vous ! Faites un effort, bon

Dieu ! Quand vous étiez dans cette chambre vide, tout à l'heure, cette chambre d'hôtel... et que vos yeux se sont posés sur ce minibar tellement abandonné dans la pénombre, si désespérément clos sur sa lumière intérieure, et que, saisi de je ne sais quelle communion de solitude, vous vous êtes penché sur lui, vous vous souvenez ? Vous vouliez vous servir un...

Son visage n'est plus qu'une vague lueur dans la nuit. Sa bouche semble supplier à la surface de l'obscurité :

— Vous souvenez-vous ? Votre main s'est posée sur la poignée de la porte, et vous l'avez ouverte...

Et là, miracle : le voilà nimbé de la lumière du minibar !
Cette lumière ne va cesser d'augmenter, jusqu'à la fin.
Elle n'éclaire rien d'autre que lui.
Autour de lui, l'obscurité semble encore s'épaissir.
Il en devient éblouissant.
On le jurerait en suspension dans la nuit.
Il sourit aux anges.

— Vous avez ouvert cette porte... Ou plutôt, non, quelqu'un en vous a ouvert cette porte... quelqu'un en vous a libéré cette lumière ! Enfin ! Enfin ! Vous vous souvenez ? Ça y est ? Vous y êtes ? Eh bien, c'est celui-là, ce quelqu'un-là que je veux remercier ! Cette quelqu'une ! C'est elle, c'est lui qui m'ont attiré ici ! Les libérateurs de lumière ! Il fallait que je les rencontre, ceux-là ! Ne serait-ce qu'une fois dans ma vie ! Oh ! Merci à vous ! Merci à eux, chaque fois qu'ils vous ont fait ouvrir ma porte ! Sans vous, sans eux, sans eux en vous je... Oh ! bon Dieu, merci !... Merci, merci, vraiment..., Merci !

Ma parole, on dirait que tous les projecteurs des cieux se concentrent sur lui ! Il finit par ressembler à une statue extraordinairement brillante, quelque chose comme un trophée en or massif que quelqu'un brandirait dans la nuit...

— Merci !

Et le rideau se referme sur cette image pendant qu'il hurle :

— Merci ! Merci !

Nous commençons à applaudir.

Quand le rideau se rouvre pour le premier rappel, on le voit de dos, comme au début, face à une autre salle d'où montent des applaudissements dont nous nous demandons s'ils sont les nôtres.

Ombre chinoise découpée dans la poudre d'or des projecteurs, il subit ces applaudissements sans broncher, jusqu'à ce que le noir se fasse.

Lumière : il est face à nous maintenant, une main sur le cœur, l'autre levée, parfaitement immobile.

Et, de plus en plus vite :
Noir, lumière : lui de dos, ombre chinoise.
Noir, lumière : lui de face, statue radieuse.
Lui de dos, lui de face,
Lui de dos, lui de face, etc.

Jusqu'à ce qu'un appariteur surgisse sur le plateau et l'emporte sous son bras, car ce n'était plus lui depuis un certain temps, mais bel et bien un trophée grandeur nature, un trophée qu'on retire de la scène une fois le spectacle achevé, et dont on se débarrasse en coulisse.

Rideau.

Voilà

Nous sortons du théâtre.

MES ITALIENNES

Chronique d'une aventure théâtrale

À Jean-Michel Ribes

Au théâtre, la répétition dite à l'italienne consiste à réciter le texte sans mouvement de mise en scène. Par ellipse, on dit : une italienne.

1

L'éternité moins une seconde

Qu'est-ce que je fais là ? Qu'est-ce que je fiche dans les coulisses de ce théâtre, derrière cette porte qui va s'ouvrir sur la scène ? Moi ! Sur une scène ! Qu'est-ce qui m'a pris ? Moi qui n'ai jamais voulu être acteur ! J'ai une brique à la main. Une brique laquée à la peinture dorée. Elle est censée représenter un trophée. La porte va s'ouvrir, et je vais me précipiter sur scène en brandissant ce trophée ridicule. Pourquoi ? Pourquoi moi ? Où es-tu allé te fourrer ? Qu'est-ce que tu as dans la tête, bon Dieu ? « Vous pouvez soulever votre chemise ? » Guillaume qui installe ses micros, passage des fils, leur glissement froid sur ma peau, clip... « Voilà. » Jean-Michel à Jean-Yves : « À partir du moment où on lance les applaudissements, tu comptes trois secondes, et tu ouvres. » C'est

Jean-Yves qui ouvrira et refermera la porte. « Ça va ? » Un sourire bienveillant derrière ses moustaches. J'ai l'impression qu'il va m'éjecter d'un avion sur la France occupée. Et j'ai le sentiment d'avoir oublié le parachute. Ça y est, l'annonce pour l'extinction des portables... Les lumières de la salle qui décroissent.

Je l'ai entendue se remplir, la salle, pendant que Gwenaëlle me maquillait, dans ma loge. Un brouhaha de conversations, des rires lointains, des appels, un flux de vie qui se propageait dans les allées... et saturait ma toute petite loge. Ça m'a surpris, d'abord, je me suis demandé d'où ça venait. « C'est le retour », a dit Gwenaëlle, et elle m'a montré un petit haut-parleur noir, à côté de la porte. Une salle qui se remplissait de la vie même. À dix-huit heures trente... La bonne séance... Juste après le boulot... L'heure joyeuse... Ils bavardent gaiement. Avant que Gwenaëlle ne m'asseye à la coiffeuse, Isabelle est venue vérifier une dernière fois si la veste du smoking tombait convenablement, si on avait bien cassé le blanc de la chemise pour qu'il n'éblouisse pas sous les projecteurs. La vie prénuptiale de la loge... Les mots d'encouragement de toute l'équipe du théâtre éparpillés sur la coiffeuse : Valérie, Jean-Michel, Pierre-Yves, Jean-Daniel, Kéa, Jean-François, Antoine... Une tablette de chocolat, aussi, sur laquelle on a écrit *Merci*, en lettres de sucre blanc... La caution de cinq euros contre la clef du casier... « N'oubliez pas votre clef... » La clef glissée dans la poche de mon pantalon de charpentier... (C'est mon costume : une veste de smoking, un pantalon de charpentier, la chemise blanc cassé et mes godasses de tous les jours...) James, qui passe la tête par l'encoignure de la porte, timidement protecteur : « Allez, un gros merde, ça va très bien se passer ! » Gwenaëlle qui tente de redonner des couleurs à mon visage cadavérique avec un fond de teint tropical... : « Fermez les yeux, voilà... » « Tu es bretonne ? » « Du côté de Brest, oui. » Après le maquillage, un peu de solitude ; la respiration que Minne m'a apprise : « Expire à fond, voilà, les mains sous les aisselles, c'est ça, fais-le trente-six fois de suite... »

La salle qui continue de se remplir.

La voix, dans le retour :

— Le spectacle commence dans cinq minutes.

Je pense au truc que Bernard avait trouvé,

quand on était gosses, pour nous rendre éternels. Au lieu de laisser passer les secondes une à une, tu divises le temps qui te reste par deux, et encore par deux, toujours par deux en fait... tu verras, quand on fait ça il reste toujours quelque chose à vivre, on n'arrive jamais au bout. C'est le secret de l'éternité...

Je n'ai pas fermé l'œil de la nuit.

La tripe a lâché.

— Le spectacle commence dans trois minutes.

La veille j'ai téléphoné à Jean-Michel pour lui rendre mon tablier. Trop peur. Écoute, j'ai trop peur, je n'y arriverai pas, je... Il était à Lyon... C'est normal, a-t-il répondu, c'est normal, tu n'as jamais été acteur, c'est comme si tu avais appris à piloter un avion de chasse en deux heures, ce serait inquiétant que tu n'aies pas peur, il faudrait que tu sois fou, mais ça disparaîtra sur scène, tu verras...

Et le voilà qui frappe à la porte de ma loge.

Jean-Michel.

Embrassade.

Je suis le gars qu'on vient chercher.

Qu'on conduit à travers les couloirs de béton.

Qui descend les marches.

Guillaume m'attend en bas, avec les micros, et Jean-Yves murmurant dans un talkie-walkie annonce mon arrivée à quelqu'un, à James, probablement, dans la cabine de régie, là-haut. Depuis une semaine que je répète, j'ai aimé cette atmosphère d'équipe, de Mehdi qui m'accueille à l'entrée jusqu'à Jean-Yves qui m'ouvre la porte sur la scène, en passant par Hélène qui veille au grain, et tous les autres, dans les bureaux, sur le plateau, à la régie... toute cette ruche théâtrale au service de l'éphémère... C'est l'éphémère aussi, qui m'a plu, le caractère éphémère des choses du théâtre. Ça me change tellement de mon autisme d'auteur, enfermé dans son bureau à fignoler du soi-disant définitif...

Je suis devant la porte, à présent.

Mon lingot doré à la main.

Ils ont lancé les applaudissements.

Plus que trois secondes...

Ça va aller, dit Jean-Michel.

La poursuite est allumée.

Sous la porte encore fermée, le rai de lumière...

Cette frontière brûlante.

Au-delà, c'est une autre vie.

Dire que je vais me jeter dans cette lumière !

Jean-Yves compte, en dépliant silencieusement ses doigts :

Un, deux...

Tu aimes l'éphémère, imbécile ? Te voilà devant l'éternité moins une seconde.

2

La proposition

Ça a commencé deux ans plus tôt. Un matin d'hiver, en m'asseyant à mon bureau, j'imagine le monologue d'un lauréat quelconque (est-il écrivain, compositeur, sculpteur, peintre, comédien, metteur en scène ou quoi que ce soit d'autre ?), contraint au remerciement public après avoir été primé pour « l'ensemble de son œuvre ». Un type qui dit « Merci ». J'écris une grosse nouvelle sur ce thème. Une variation autour du mot « merci », en fait. Sous la forme d'un monologue. Et voilà que ce personnage m'envoie aujourd'hui, moi son auteur, remercier à sa place, sur la scène d'un théâtre parisien. Ce n'est pas mon emploi, je n'ai jamais voulu faire l'acteur (une vague expérience de jeunesse m'en a dissuadé), et voilà que je me retrouve face au public, à dire merci, dans la peau d'un personnage que j'ai créé précisément pour qu'il le fasse à la place de tous ceux qui sont acculés au remerciement officiel.

Littérature et dédoublement... on n'en a pas fini de faire plancher les étudiants sur ce thème...

À l'origine, je ne devais pas jouer ce monologue mais le lire à haute voix. Une simple lecture. François Morel — un acteur, lui, un vrai, et poète, et romancier — donne à lire *Merci* à Jean-Michel Ribes — un dramaturge, lui, un vrai, et metteur en scène, et comédien, et, en l'occurrence, directeur du théâtre du Rond-Point. Ayant lu, Jean-Michel me propose de faire une lecture à voix haute dans son théâtre. Une heure de lecture, à dix-huit heures trente, les jeudis, vendredis, samedis, pendant cinq ou six semaines. Le Rond-Point fait cela chaque année et le public apprécie ; c'est une des nombreuses activités de ce théâtre inventif et protéiforme.

Va pour une lecture. L'exercice m'est familier. Professeur, j'ai beaucoup lu dans mes classes, et je lis parfois à mes amis, pourquoi pas sur une scène ?

3

Des voix

J'ai résisté, tout de même. Un peu. J'aurais préféré entendre *Merci* lu par un comédien. Que ce texte me quitte et aille vivre sa vie dans la voix d'un autre.

Il m'arrivait d'entendre des voix pendant que j'écrivais ce monologue. Les grands râleurs légendaires visitaient parfois mon lauréat : Louis Jouvet, Michel Simon... Les voix des vivants les plus fous, aussi : Claude Piéplu, Jean-Pierre Marielle, Michel Aumont ; ou la voix faussement rêveuse de Jean-Louis Trintignant qui vous alanguit et frappe soudain dans les aigus avant de s'esquiver à nouveau vers le songe. Les voix des acteurs sont ma vraie musique. (Je donne tous les opéras du monde contre la voix nasale, grinçante et profonde de Charles Denner, par exemple. Les mots de Denner naissaient entre ses deux yeux et sonnaient dans sa tête ; son crâne était leur caisse de résonance... Et quel regard lui donnait cette voix !)

Donc j'aurais préféré être lu.

Ou joué.

Seulement, le propre des acteurs est de disparaître quand on songe à eux. Claude Piéplu enregistra une belle lecture de *Merci* (« il est goûtu, votre texte ! ») mais il ne voulait plus monter sur scène. Un autre jouait ailleurs, un troisième ne serait pas libre avant plusieurs saisons (le comédien est un fruit de saison), et Jean-Michel Ribes avait déjà son idée : un texte de moi, lu par moi, à un public composé pour partie de mes lecteurs, voilà ce qu'il souhaitait, une rencontre. En fait, il en voulait davantage, il voulait que je fasse l'acteur, mais j'ai mis un certain temps à le comprendre — ou à l'admettre.

Je me suis donc fait à l'idée de cette lecture. Je me figurais derrière une table ou dans un fauteuil, lisant à voix mesurée, jambes croisées, sous le cône lumineux d'une lampe, dans un silence recueilli, protégé par l'inviolable posture du lecteur ; un moment d'intimité passé avec quelques inconnus auxquels mon travail était familier : lecture conviviale... coin du feu... veillée des chaumières, ce genre.

Sur quoi, Ribes m'annonça qu'il retenait la grande salle du Rond-Point. La grande salle. Sept cents places ! Changement de perspective : moi seul, lisant dans le désert pour quelques pèlerins égarés...

— Mais non, ne t'inquiète pas, la salle est modulable au nombre de spectateurs.

J'ai commencé à me préparer en tentant d'imaginer ce que pouvait être une salle « modulable »... Sept cents places réduites, si nécessaire, aux proportions d'une cabine téléphonique ?

Jusqu'au jour où Jean-Michel a ajouté :

— Tu ne comptes pas lire assis, hein ? Debout sur la scène, c'est mieux, non ?

Puis :

— Dis-moi, on ne va pas te coller au pupitre pour lire ? Tu n'es pas le président des États-Unis, il vaut mieux que tu puisses te balader librement, le livre à la main, qu'en penses-tu ?

J'aurais dû en penser que je finirais *sans* le livre, dans la position du comédien que je n'avais jamais voulu être mais auquel Jean-Michel avait songé dès notre première rencontre. Le soupçon dut m'en effleurer, parce que je lui ai tout de même demandé :

— Jean-Michel, rassure-moi, il s'agit bien d'une lecture ? D'une simple lecture ?

— Absolument.

Il a tout de même ajouté, ce qui aurait dû me mettre la puce à l'oreille :

— De toute façon, tu feras ce que tu voudras...

4

Couper

Une lecture, donc. Une lecture d'une heure. Le plateau devait être libéré à dix-neuf heures trente pour la préparation du spectacle suivant.

Or, tel qu'est écrit *Merci*, le monologue est conçu pour durer une heure trente. Le personnage l'annonce lui-même au public, en exhibant le règlement du prix qu'on vient de lui décerner :

— C'est écrit noir sur blanc : « La prestation du lauréat durera entre soixante-quinze et quatre-vingt-dix minutes. Bon, disons soixante-quinze. »

Eh bien, non, pas plus de soixante.

Il me fallut faire des coupes.

Suppression de l'introduction

Pour commencer, j'ai supprimé l'introduction. Le lauréat sur scène s'adresserait d'entrée de jeu au public. (Trois pages de moins.)

La question des didascalies

Puis, j'ai décidé de ne pas lire les didascalies (les indications de jeu). Il suffisait de conserver celles qui étaient absolument indispensables à la visualisation des scènes. Par exemple : *Il s'agenouille devant le minibar, qu'il ouvre. Il est aussitôt nimbé d'une lueur pâle.* La plupart des autres indications pouvaient sauter sans dégât majeur. Elles étaient partie prenante du texte, comme le sont dans un roman les notations de geste ou d'inflexion. Des didascalies plus romanesques que théâtrales, dont un lecteur bien entraîné pouvait rendre compte par le ton, le regard, la pose ou le geste.

J'ai donc sabré les didascalies.

J'avais assisté, en Italie, à l'exercice exactement contraire. Lors d'une lecture publique de *Merci (Grazie)*, le comédien Claudio Bisio, et mon éditeur chez Feltrinelli, Alberto Rollo, s'étaient amusés à lire le monologue *et* les didascalies ; Claudio au monologue, Alberto aux didascalies. Résultat très amusant. D'autant que Claudio feignait de ne pas comprendre certaines indications lues par Alberto, ou de ne pas arriver à s'y plier.

Alberto lisant : « *Il fait un oui gêné de la tête* » *(Fa una risatina piena di vergogna)*, Claudio mimait un oui hilare.

Alberto, corrigeant : « *piena di vergogna !* », Claudio produisait, cette fois, une grimace d'abruti.

ou

Alberto, lisant : « *Son regard cherche notre approbation* » *(Cerca con lo sguardo la nostra approvazione)*, Claudio fouillait ses poches et se palpait, affolé, à la recherche de quelque chose.

Alberto, répétait-il, mécontent : « *la nostra ap-pro-va-zio-ne* », le regard suppliant de Claudio demandait aux spectateurs où ils avaient fourré cette fichue approbation et s'ils ne pouvaient pas l'aider à la retrouver.

Le tout, pour la plus grande joie du public, ravi de découvrir la marionnette et les fils de la marionnette. Le temps que dura leur petit jeu, je rêvai d'un spectacle où les comédiens s'acharneraient à satisfaire *exactement* les didascalies d'un maniaque aux exigences millimétriques. Le spectacle s'achèverait par une paralysie totale des acteurs, la voix off des didascalies s'époumonant sur une scène jonchée de paraplégiques.

Les énumérations

Les deuxièmes victimes de mes coupes furent les énumérations. *Merci* n'en manque pas. Certaines sont intempestives. Ce fut une mauvaise surprise. Comme si, emporté par l'enthousiasme, l'auteur dépassait de plusieurs mots l'objectif visé, voire de plusieurs groupes de mots, parfois de plusieurs phrases.

Exemple : « ... *le remerciement est un genre très, très, très très mineur, (1) entièrement basé sur le principe de redondance, (2) voué à la tautologie, (3) à l'interminable répétition du même.* »

Trois fois la même idée, elle-même contenue dans la question qui précède : « *Oui, mais mon rôle, dans tout ça ? Vous remercier d'être venus me remercier ?* »

Typiquement le genre d'énumération où mes ciseaux s'en sont donnés à cœur joie.

À cette occasion je constatai qu'un de mes péchés mignons est de céder trop souvent au rythme ternaire. Comme s'il fallait répéter trois fois la même chose pour que le train du sens se mette en branle. Ciseaux.

Les explications superflues

Dans le même ordre de défauts, il m'arrive de développer certaines explications jusqu'à l'abrutissement. Mon côté professeur, probablement. En me relisant, je ronchonnais : « Ça va, on a compris... » Et d'un crayon rageur je biffais un paragraphe entier. Élaguer, c'est passer de la redondance à l'ellipse. L'arbre devient une idée d'arbre et c'est très bien.

Exemple : « *Prenez Hitler : peintre médiocre, néanmoins convaincu de son génie pictural, architecte tout juste bon à entasser les trois cubes de son enfance mais hautement conscient de ses mérites dans ce domaine. Il fallait le primer, tout de suite !* »

Résultat, après élagage : « *Prenez Hitler... le peintre. Fallait le primer, tout de suite !* »

Les développements inopportuns

Un après-midi que je faisais une lecture à mon amie Sonia Laroze, (comédienne, elle, sparing-partner éclairée et résistante), je la vis sur le point de céder au sommeil.
— Ça va, Sonia ?
Elle eut un sursaut.
— Ça va.
Puis, vaillamment :
— C'est juste un peu...
Silence.
— Un peu quoi ?
À vrai dire, moi aussi, je trouvais que ma lecture devenait un peu...
— ...
— Un peu soporifique ?
— Je n'irais pas jusque-là, protesta Sonia, mais...
— Mais ?
— Tous ces développements... il faudrait peut-être...
— Peut-être alléger ?
— Couper un peu, oui...
— J'ai *déjà* coupé.

Cela dit sans agacement de ma part, juste avec un brin de découragement.

— Passe-moi ton bouquin.

Ce que je fis. Elle revint quelques pages en arrière, puis fit un saut de quelques pages en avant, réfléchit, et déclara :

— À mon avis, il faudrait foutre ça en l'air.

Le « ça » en question couvrait cinq pages, de la page 53 à la page 57.

— Tu y développes la même situation — la réaction du lauréat à la seconde où il apprend que le prix lui a été décerné, avec des variations qui se lisent très agréablement, mais à l'oral une brusque rupture, ici, serait plus...

Elle avait raison.

J'ai agrafé entre elles les pages condamnées, pour ne pas être tenté de revenir sur ma décision.

Les transitions inutiles

L'intervention de Sonia fut déterminante pour le reste de cette adaptation. En apposant deux parties très différentes quant au rythme et au ton, elle venait d'insuffler une énergie nouvelle à une lecture qui ronronnait. Je retins la leçon et fis une chasse féroce aux transitions inutiles. Mes silences de lecteur en tiendraient lieu.

— Prends des temps, insistait Sonia, travaille tes silences.

Elle m'écoutait lire, puis m'imposait le silence d'un geste, comme un chef d'orchestre, et relançait la machine quand elle estimait que le temps avait « pris », comme on dit d'un ciment. Plus tard, dans mes répétitions avec Jean-Michel Ribes (il n'était plus question de lecture alors, j'étais bel et bien dans l'arène), lui aussi insista sur la nécessité de ces respirations.

— Plus long, le temps, ici, n'aie pas peur du silence, prends ton temps...

Mon temps, en réalité — je m'en aperçus dès que je commençai à jouer la pièce —, était celui des spectateurs, le temps souple et changeant de leur écoute, chaque salle écoutant différemment.

Le cœur des phrases

Évidemment, j'intervins aussi au cœur des phrases : exigences rythmique ou musicale (mettre la phrase en bouche en remplaçant un mot de trois syllabes par un autre de quatre ou de deux, intervertir un nom et son adjectif, tout en se méfiant des inversions inutiles...), faire la chasse aux tics, que je croyais pourtant avoir éliminés en corrigeant les épreuves (l'abus de la conjonction mais, par exemple).

Etc.

Résultat

Résultat, quatre-vingt-dix minutes de texte ramenées à cinquante de lecture (« Arrête, malheureux ! s'inquiétait Jean-Michel, ne descends pas au-dessous de soixante ! »), 11 922 mots réduits à 8 550, soient 3 372 mots sacrifiés sur le champ d'une bataille impitoyable.

5

Lettre d'excuse au lecteur

En lisant ces lignes, tu pourrais penser, ô mon lecteur préféré, que la première mouture de *Merci* est un travail bâclé, une sorte de brouillon dont la version théâtrale serait une mise au propre tardive. Tu te trompes. Il s'agit bien d'une adaptation : interventions de l'auteur nécessaires à la métamorphose du lecteur en spectateur.

Cela dit, la coupe est un exercice passionnant. L'auteur y rechigne, d'abord, puis il découvre que la chose est souhaitable, voire nécessaire. Il m'arrive souvent de me trouver trop long, mais trop tard car je suis aussi trop lent. Dès lors (pour un enregistrement ou pour une lecture publique, par exemple), je tranche dans le texte avec autant d'acharnement que j'ai cru mettre de rigueur à le composer. Une frénésie de déboiseur qui, si l'on n'y prend garde, peut réduire n'importe quel roman aux proportions d'un télégramme.

À vrai dire, dès que nous nous relisons, nous sommes tentés de nous raccourcir ou de nous rallonger. Flaubert lui-même, s'il tombait aujourd'hui sur un jeu d'épreuves de *Madame Bovary*, donnerait probablement du ciseau, et peut-être de la plume. D'où la mésaventure du peintre Bonnard, surpris par un gardien alors qu'il retouchait tranquillement une de ses toiles accrochée au musée du Luxembourg. C'est que, si réfléchi soit-on, la création est toujours un embrasement. L'enthousiasme nous emporte alors même que nous croyons manier une langue domptée au service d'une œuvre maîtrisée. Mais laissez cette œuvre dormir plusieurs années sur votre étagère et elle redeviendra susceptible de toutes les modifications que vous dictera la lucidité du moment.

La seule libération de l'œuvre, c'est la mort de l'artiste.

Si je devais remanier *Merci* une fois encore, disons à l'occasion de ma mort prochaine, tu te retrouverais probablement, cher lecteur, avec une troisième version entre les mains. Que resterait-il du texte original ? Le titre, peut-être : *Merci*, largement suffisant, quand on a fait le tour du mot.

6

Apprendre

Une fois obtenue cette deuxième version de *Merci*, j'ai décidé de l'apprendre. Savoir le texte par cœur n'était pas indispensable pour une lecture, mais j'ai un vieux compte à régler avec ma mémoire. Des premiers jours de ma scolarité à la dernière porte dont j'ai oublié le code (ce matin même, la porte de mon bureau : B 96 72, mais c'est trop tard), nous nous livrons, ma mémoire et moi, une guerre sans répit dont je perds presque toutes les batailles. En apprenant *Merci*, j'ai contre-attaqué.

La plupart des comédiens ricanent quand le spectateur néophyte leur demande comment ils font pour *retenir tout ça* ? Ils y voient une réduction de leur talent à une aptitude mnémonique. Ricanements de nantis. Moi, cette question naïve m'a enchanté quand on me l'a posée, à la sortie du spectacle. Enfant, j'aurais tellement aimé qu'un professeur tombe à la renverse devant les prouesses de ma mémoire !

Comment j'ai fait pour retenir *tout ça* ?

J'y ai consacré la totalité du mois d'août et la moitié du mois de septembre. J'ai commencé par lire le texte entier, très attentivement, plusieurs fois par jour, pendant une dizaine de jours. Petit à petit, je voyais les volumes se mettre en place, les passages se suivre par nécessité organique. Il est plus juste de parler de *mouvements*, comme déferlent les vagues, paquet de sens par paquet de sens, dans le même ordre, toujours, avec la même régularité océane. J'ai donc familiarisé ma mémoire à cette immuable succession. Le moment venu, je pourrais apprendre sur le socle d'une habitude.

Le moment vint.

L'apprentissage par cœur.

J'y suis allé vaillamment. Mouvement de texte après mouvement de texte. Et à voix haute, s'il vous plaît.

Je quittais la maison le livre à la main, je filais à travers champs, je m'enfonçais dans les bois, rabâchant et rabâchant, jusqu'à ce que le texte me devienne aussi familier que l'immensité du Vercors sud qui m'est un jardin bien connu. C'est à ça que j'ai passé toute la fin de l'été 2005 : arpenter le Vercors en apprenant *Merci* pour faire la nique à ma mémoire.

Une fois le texte su, je me suis promené en le récitant. J'ai cherché des cèpes en le récitant (mais des cèpes, là-haut, cette année-là, il n'y en a pas eu), des girolles en le récitant (pas de girolles non plus, très peu), alors j'ai rempli des cageots de mousserons en le récitant, j'ai décapité les coulemelles en le récitant (chapeaux de coulemelles que j'ai fait rissoler en le récitant), j'ai fait notre provision de bois pour l'hiver en le récitant, j'ai fait fuir des biches et des chevreuils, levé des lièvres et des corbeaux en le récitant, et le soir, quand je rentrais à la maison, Minne ma femme me regardait comme le Charlot des *Temps modernes*, une sorte de magnétophone détraqué qui marmonnait à toute allure des propos apparemment sans fin.

Sur quoi, notre ami Jean Guerrin nous a rendu visite. Un champion de la mémoire vive, Jean. Il faut l'avoir vu jouer *Le faiseur de théâtre*, de Thomas Bernhard, dire du Beckett ou du Perec, pour se faire une petite idée des sommets que peut atteindre un athlète de la mémoire.

Jean m'a aimablement proposé de me faire réciter pendant les corvées de bois. Je nous revois, debout dans ma clairière préférée (clairière dont je cherche en vain le nom), l'un en face de l'autre, comme dans un western, moi, pionnier récitant mon psaume au-dessus d'une tombe fraîche, lui pasteur impavide, le livre sacré à la main, veillant à l'orthodoxie du texte.

Diagnostic :
— Très approximatif.
— Approximatif.
— Assez approximatif.
— Toujours approximatif.
— Plutôt approximatif.
— Encore approximatif.

J'oubliais des membres de phrase, j'intervertissais des paragraphes, je butais sur des mots, je cherchais mes transitions ; bref, cette saleté de mémoire contre-attaquait. Uniquement quand Jean m'écoutait. Quand je me récitais le texte à moi-même, elle jouait les chiens rampants et m'obéissait avec une veulerie écœurante.

— C'est la règle du jeu, affirmait Jean. Et dis-toi que sur scène, tu perdrais la moitié de tes moyens.

— Par bonheur, je me contente de lire.

7

Répéter

C'est bien à une lecture que Jean-Michel Ribes et moi avons consacré les trois premières répétitions. Je lisais, il écoutait, seul parmi sept cents fauteuils. Sonia m'avait appris à *sortir ma voix* : « Arrête de murmurer, tu ne seras pas dans un salon, ni dans une classe, il faut sortir ta voix pour le spectateur du fond, et c'est loin, le fond, au Rond-Point ! » Donc, je *sortais ma voix* sur la gigantesque scène du Rond-Point que j'arpentais comme un forcené, mon livre à la main. Les kilomètres abattus dans le Vercors m'avaient mis en forme. Increvable, j'étais, le jarret souple et la voix claire. (J'avais cessé de fumer la pipe pour la circonstance ; deux mois d'abstinence après quarante ans de pratique consciencieuse.) Je lisais, en proie à une sorte de mouvement perpétuel hérité

Illustration de Quentin Blake pour la couverture du C.D. *Merci*, lu par Claude Piéplu (coll. Écoutez lire © Gallimard Jeunesse)

États du texte

    Évidemment le passage de la lecture à la scène suscita de nouveaux changements dans le texte. Nouvelles coupures, nouvelles didascalies, réécriture des dernières pages, mots que j'avais tendance à oublier soulignés une fois, deux fois, au crayon, à l'encre bleue, rouge, verte, passages encadrés pour les mêmes raisons, injonctions rageuses : NE PAS OUBLIER ÇA!, indications de jeu ou de déplacements gribouillées hâtivement pendant les répétitions : « Attaque très vive ! » « À droite », « À gauche »…

    Durant toute cette aventure théâtrale mon seul outil de travail fut la version blanche de *Merci*, un petit volume format couronne (11,5/18) qui ne me quittait pas. Maculé, rayé, déchiré, tordu, il survécut à tout, y compris à une demi-douzaine de disparitions jugées définitives pendant les folles minutes où je mettais la maison sens dessus dessous pour le retrouver. Avec ses coupes, ses ajouts, ses ratures, ses pages de garde griffonnées ou agrafées, le texte y avait peu à peu acquis le statut d'un paysage dont le chaos, paradoxalement, me rassurait.

ATTAQUE VIVE TRÈS

2

Nous sommes au théâtre, nous sous la salle lui sur la scène. Il apparaît sous pour disparaîssement ront pas les notes se trerrai un tonéé — Merci ! Merci

La lumière se rallume sur la scène.
Il est debout, face à nous, sous le feu croisé des projecteurs. Il est, au sens propre du mot, éblouissant.

Son bras retombe mollement. Il hoche la tête avec un sourire à la fois heureux et las. Une dernière fois, il dit :

— Merci.

On dirait qu'il échange un regard avec chacun d'entre nous, *tout en admirant et soupesant son prix —*

— Vous êtes vraiment... Vraiment, vous êtes...

Sa main libre fait un geste d'impuis-

où pèse le trophée. Sa main levée semble prête à retomber.

– Merci...

La lumière baisse. Sa silhouette s'estompe jusqu'à se fondre dans le noir absolu, qui se fait en même temps que s'installe le silence.
Noir.
Silence.
On n'entend plus que quelques toussotements, des grincements de fauteuils, qui, peu à peu, deviennent nos propres toussotements, les grincements de nos propres fauteuils...

– D'autant que je vois avoir besoin de mes deux mains à présent. Eh oui, je vais vous lire un petit... Ah ! si vous m'aviez récompensé du temps de ma mémoire vive, je n'aurais pas eu à écrire moi. Je vous aurais servi un remerciement garanti d'ogl 100% instinctuel. D'un autre côté, ils n'auraient pas pu me primer du temps de ma jeunesse pour l'ensemble de mon œuvre. Enfin... pourquoi non ? Avec un peu de retroncourt

Noël. Faut qu'ça tinte et faut que ça brille!

Il prend un spectateur des premiers rangs à témoin :

— Acceptez-la, monsieur, cette décoration, bon Dieu, acceptez-la! Vous ferez plaisir à tout le monde, à celui qui vous la propose, d'abord : le ministre qui vous a repéré dans la grisaille du troupeau, heureux, le ministre, il a fait son boulot de découvreur, il a enrichi le patrimoine humain de la République! À celui qui va vous l'épingler, ensuite, cette médaille, fier de vous accueillir au club, content d'être votre aîné dans le grade, s'honorant de vous honorer. Aux gens qui vous aiment, bien entendu : mari, femme, enfants, amis, cette joie que vous leur faites! Vos parents surtout! Le nom de votre vieux père inscrit au registre de l'honneur national! Et à vos ennemis,

Historique :

– Des gens qui distribuent leur prix tous les ans... qui tous les ans, les pauvres, se creusent la cervelle : « À qui pourrait-on bien, cette année, donner notre prix, maintenant que les copains sont servis ? Voyons voir... » Les années passent – nombreuses les années, car nombreux étaient les copains –, par conséquent elles passent pour moi aussi, toutes ces années de travail solitaire, incognito... Et finalement, voilà que je me retrouve primé, in extremis, pour « l'ensemble de mon œuvre », par de parfaits inconnus... que je remercie *en priorité*! Le premier cercle ! Le cercle le plus...

Il fait un nid chaleureux avec ses mains.

Ému, tout à coup, presque enfantin :

– Il y a tout de même des gens qui nous

trouver en... (geste)

A-t-il entendu une réflexion, un petit rire ?

– Non, je ne m'amuse pas ! J'en ai l'air mais... Je me penche sur le *mot*, figurez-vous ! « Merci. » Le mot clef. Je réfléchis ! Quand on a la prétention de chambouler le genre du... c'est la moindre des...

Il désigne le jury, et, baissant la voix :

– Vous n'avez pas l'air de vous rendre compte que je suis à leur merci !

Regard traqué.

– Ils m'écoutent, ils me jaugent... Ils peuvent me remercier comme un malpropre, d'une seconde à l'autre... C'est écrit, là !

Il tapote sa poche.
Un temps.
Toujours parlant du jury :

— Je les connais, va : ils sont sans merci ! Ils sont fichus de me laisser m'épuiser sur cette scène jusqu'à ce que je crie merci...

Il nous regarde, avec un air de soulagement qui semble dire : Je vois que vous m'avez compris !

— Eh oui, tout est là : que peut-on attendre d'un mot aussi ambigu ? D'un verbe qui exprime un sentiment et son exact contraire ?

Il nous tend la main comme pour serrer la nôtre :

— Je vous remercie...

Puis nous congédiant d'un revers :

— ... vous êtes remercié !

105

Théâtre du Rond-Point

Du 20 janvier au 26 mars 2006 *prolongation*

Daniel Pennac
joue Daniel Pennac
mise en scène Jean-Michel Ribes

Production Théâtre du Rond-Point

2 bis, avenue Franklin D. Roosevelt - 75008 Paris
Réservation 0 892 701 603 - www.theatredurondpoint.fr

Affiche © Atalante/illustration Trapier.

de mes balades montagnardes. Jean-Michel entreprit d'endiguer cette errance, avec une pédagogie non dénuée d'ironie.

— Ce serait bien que tu t'asseyes, là, oui, quand tu demandes si quelqu'un dans la salle est originaire de Cholonge-sur-Soulte. Il faudrait t'asseoir sur le bord de l'estrade, à ce moment-là ; parce qu'on va installer une estrade, bien sûr, on ne va pas te laisser errer comme ça dans le désert...

En d'autres termes, il me mettait en scène.

C'est alors que survint l'inattendu :

Le livre me gêna.

Ce livre, dans ma main, pendant que je baguenaudais sur la scène, me gênait. Ma mémoire et mes yeux ne s'accordaient pas. Je m'arrêtais inconsciemment de lire pour réciter et j'oubliais de tourner les pages. Quand mes yeux retournaient au texte pour reprendre la lecture, ils ne tombaient jamais sur le bon passage. Je feuilletais nerveusement le bouquin en m'excusant auprès de Jean-Michel... « Attends, ah ! voilà »... Et je me remettais à lire. Évidemment, ma mémoire recommençait aussitôt à travailler pour son compte ; trois lignes plus loin je récitais sans regarder le texte. Jusqu'au moment où l'inévitable se produisit. Du fond de son fauteuil Jean-Michel observa tranquillement :

— Mais tu le connais par cœur, ce texte !
Timide protestation :
— Par cœur, on ne peut pas dire...
— Non, mais presque, quoi, à quelques détails près...
(Ces détails avaient pour moi une certaine importance.)
— Je l'ai un peu appris, pour ne pas buter sur les mots.
— Total, le livre t'encombre, tu t'emberlificotes dans les pages. Ça te dérangerait vraiment beaucoup d'essayer sans ?
— ...
— Allez, sans engagement de ta part... De toute façon, si tu veux lire tu liras...

Les répétitions suivantes se déroulèrent sans le livre.

Quatre ou cinq répétitions à vrai dire, pas plus. En tout et pour tout, nous répétâmes huit fois entre le 21 et le 28 septembre : le 29 à dix-huit heures trente, j'étais lâché tout vivant sur une scène éblouissante face à une salle obscure. Mais pleine.

Sans le livre.

J'y reviendrai.

8

Sauter dans le vide

En lâchant ce texte, j'ai sauté dans le vide. J'ai tout de suite su qu'il me serait impossible de revenir en arrière. Je tombais. Exactement comme dans un cauchemar : la *certitude de la chute*. Cinq jours et cinq nuits passés à tomber dans le puits même de la terreur. Aucune branche à quoi me rattraper. Je tombais dans le vide le plus lisse vers la catastrophe la plus inéluctable. Peur panique. Oui mais de quoi ? Comme dans toutes les chutes, peur de l'impact, j'imagine : la première rencontre avec le public. Dire que j'avais été si mauvais, adolescent, dans *La double inconstance* de Marivaux, un tout petit rôle, pourtant ! Qu'est-ce que je fichais là moi qui, depuis cette expérience malheureuse, n'avais jamais voulu être acteur ? Vengeance de Marivaux ? Qu'est-ce que tu fous là, nom de Dieu, qu'est-ce qui t'a pris ? J'allais m'écraser sur cette scène où Jean-Michel précisait les déplacements, réglait le son et peaufinait les éclairages, comme s'il n'avait jamais été question d'une lecture. L'estrade réduisait l'espace immense du plateau au strict nécessaire, mais je m'y sentais d'autant plus exposé. L'essentiel du dispositif et de la gestuelle restait fidèle aux didascalies : un jury fictif, côté jardin, symbolisé par quelques chaises dorées à coussin écarlate, un minibar sur l'estrade, doté d'une « lumière intérieure », et le lauréat, avec son trophée. Côté cour, un long tapis diagonal par lequel il devait faire sa première apparition. Il surgissait en courant parmi des applaudissements qui n'étaient pas ceux du public, il sautait sur l'estrade en brandissant sa brique dorée, il s'immobilisait bras tendu comme la statue de la liberté jusqu'à ce que les applaudissements retombent, que s'installe un silence de mort, et qu'il dise pour la première fois : « Merci. »

L'important, ici, est le pronom *il*. S'agissant de ce que je devais faire ou ne pas faire, du ton à employer, des temps à respecter, je ne pense pas avoir dit une seule fois *je*, en m'adressant à Jean-Michel. Mais *il*, toujours : le lauréat.

— Et s'*il* se retournait à ce moment-là ?

— Et s'*il* s'adressait directement au minibar ?

— Et le premier Blamard, s'*il* ne le criait pas, s'*il* le grinçait, plutôt ?

— Et s'*il* se taisait, ici, non ?

Et lorsque Jean-Michel s'adressait à moi pour régler un détail : « Quand tu t'accroupis pour ouvrir le minibar, fais attention à ta main gauche, si tu la laisses pendre entre tes jambes on dirait des couilles en ombre chinoise sur le panneau du fond », je traduisais aussitôt : « Ne pas laisser pendre ma main gauche, l'ombre la fait passer pour *ses* couilles. »

Tant que mon lauréat n'était que lui, je demeurais moi, probablement une petite ruse pour me persuader que *je* restais maître de *sa* situation. C'était moi le patron, après tout ; je l'étais depuis ce matin d'automne 2004 où j'avais écrit les premiers mots de ce long remerciement, pour la seule raison que l'idée m'en était venue en grimpant l'escalier de mon bureau. Un de mes rares textes spontanés en fait, une envie immédiatement réalisée, matérialisée par un personnage très indéfini, ce lauréat théorique, né du mot « merci », ce vieux râleur en quête d'on ne sait quoi et qui m'envoyait maintenant remercier à sa place, moi, un individu en chair, en os, et en tripes désormais liquéfiées. Parce que j'avais beau lui donner du *il*, ce serait bien moi et personne d'autre qui rencontrerais le public dans cinq jours, et cette cauchemardesque pétoche c'était bien moi qui l'éprouvais, pas lui !

Plus j'y pensais plus je mesurais combien tout cela m'avait échappé. Et depuis le départ. Un texte pas même destiné à la publication, une nouvelle parmi d'autres, mais trop singulière pour trouver sa place dans un recueil, une pochade ; allez, publions-la toute seule, un tout petit livre, une fois n'est pas coutume... Avec, bien entendu, comme conséquence naturelle, l'envie de le voir joué, ce texte qui s'apparente davantage au théâtre qu'à la nouvelle, un monologue en somme, bon, envoyons-le à quelques comédiens...

Qui peut me dire ce que j'ai maîtrisé dans cet enchaînement ?

Et qui peut me dire que je n'en suis pas le seul responsable ?

9

Traquer

Ce n'est pas la seule menace de la scène qui a rendu mon trac irrépressible (même si la perspective de voir sept cents fauteuils se métamorphoser en spectateurs me terrorisait). Ce ne sont pas non plus les exigences du metteur en scène ; Jean-Michel me guidait en douceur — plus « complice » que directeur, selon sa propre expression. Ce n'est pas davantage la nécessité d'avoir à apprendre en huit répétitions l'essentiel d'un métier dont j'ignorais à peu près tout. Ni même la hantise d'être « attendu au tournant » par un public averti. (Les professeurs connaissent plus ou moins ce genre d'appréhension, les écrivains aussi à la sortie d'un livre.) Ces trouilles annexes nourrissaient mon trac, mais ce qui le rendait irrépressible, c'était le fait que *je m'étais mis moi-même dans cette si-*

tuation extrême. Car la scène est bel et bien une extrémité. Au-delà, c'est le public. Une fois qu'on s'est avancé jusqu'à cette limite, on ne peut plus faire un pas, sauf à tomber dans le public — dont nous nous sommes délibérément détaché pour venir ici, justement, face à lui. On ne peut pas non plus reculer, retourner en coulisse, on ne peut pas *disparaître*. Qu'est-ce que je suis venu faire ici ? Qui d'autre que moi m'y a poussé ? Le soldat qu'on envoie au feu, le représentant qui sonne à une porte, le professeur qui franchit le seuil de sa classe, le pharmacien derrière sa caisse peuvent s'en prendre aux planqués de l'arrière, au patron impitoyable, aux élèves chahuteurs, aux hypocondriaques increvables...

Le comédien traqueur, lui, ne peut s'en prendre qu'à lui-même. Aucune excuse. Il est son propre bourreau. Il s'est lui-même écartelé entre le désir de jouer et la hantise d'être vu.

Bien, voilà pour les composantes et pour l'intensité du trac.
Mais quid de sa *nature* ?

Certaines nuits je me réveillais à l'équerre, mon cœur battant dans ma bouche.

Bon Dieu, de quoi as-tu peur ? Qu'est-ce qui te fait *tellement* peur ?

De quelle nature est-elle, cette angoisse mortelle ?

Car l'idée de mort rôdait là-dessous, aucun doute.

Dans la journée, je faisais bonne figure devant ceux qui me demandaient si j'avais peur.

— Peur de quoi ?

J'avais l'air de crâner, mais j'écoutais leurs hypothèses avec attention.

— Peur de monter sur scène, par exemple, de vous exposer...

Je bottais en touche :

— C'est beaucoup moins risqué que de traverser la place de l'Étoile à six heures du soir.

(Menteur ! Cette nuit, quand tu t'es réveillé, tu l'aurais traversée sur les mains, la place de l'Étoile, plutôt que d'aller à ta répétition !)

On m'objectait :

— Tout de même, cette « prise de risque », cette « mise en danger »...

Ce genre d'expressions (typiques d'une époque et de milieux où l'aventure est au mieux un souvenir de lecture) revenaient souvent.

— Risque de quoi ? demandais-je.

— Je ne sais pas, votre image...

Ah ! oui, la sacro-sainte image : c'est le fantôme contemporain de l'honneur, l'image, la personnalité que les médias vous prêtent. Pour peu que vous ayez fait quelque chose qui ait attiré l'attention d'un public (un livre, un exploit sportif, une campagne électorale), vous voilà doté d'une *image* et supposé vivre jusqu'à votre dernier souffle dans la hantise de *lui nuire*.

— Vous n'avez pas peur que ça nuise à votre image ?

J'y ai réfléchi sérieusement. J'en ai conclu que je ne croyais pas aux fantômes. Cette image supposée de moi, flottant dans l'air médiatique, non, je n'avais pas peur de l'écorner. Le regard quotidien de ma tribu, c'est autre chose, ces yeux bien réels qui me voient agir tous les jours, oui, je craindrais de les blesser. Encore que nous nous pardonnions facilement nos ridicules, nous autres, nous en faisons des petits récits qui viennent rituellement sur le tapis, susciter l'affectueuse rigolade : « C'est l'année où Daniel s'est pris pour un comédien, vous

vous souvenez ? » « Si on s'en souvient ? Il a failli en mourir ! On a eu droit à tous les symptômes d'une fin imminente : démence nocturne, cancer de la langue, du nez, du genou, de la gorge, de l'oreille, déshydratation par dysenterie... »

Voilà à peu près tout ce que je risquais.
Alors, quoi ?
Pourquoi cette terreur *mortelle* ?
Les comédiens auprès de qui je me renseignais — Jean, parmi eux — me parlaient de la peur des grands. Maria Casarès, par exemple, dans la pleine maîtrise de son art, chez Vilar, à Chaillot, blême de terreur avant d'entrer en scène.

— Tu penses bien qu'elle n'avait pas peur de « mal jouer » ou de ne pas savoir son texte ! Non, c'était une peur qui excluait tout, y compris le public. Ça avait strictement à voir entre elle et le théâtre.

Et Jean lui-même :

— J'ai éprouvé ça plusieurs fois. On souhaiterait voir le théâtre brûler plutôt que d'y aller. Un vrai cauchemar d'enfant.

Ou Sonia, rêvant qu'elle entrait nue sur scène, ne sachant pas le premier vers de Phèdre, le « rôle de sa vie ».

Ou Jean-Michel se demandant :

— Au fond, plus on se déguise, plus on s'expose, et la question est : qu'est-ce qu'on expose *de plus* que soi-même sur une scène ?

Les récits de mes amis se résumaient à ce paradoxe : la plupart des comédiens meurent de peur à l'idée d'affronter une scène sur laquelle personne au monde ne pourrait les empêcher de grimper. Le trac serait consubstantiel à leur état de comédien, lui-même émanation d'un univers magique qu'on pourrait appeler la *théâtralité*. La nature de leur trac ne tiendrait pas seulement à leurs doutes (doutes quant aux atouts de la pièce, à leurs qualités d'acteurs, aux conditions techniques de la représentation, à l'humeur du public, aux critiques en embuscade, etc.), mais à la peur sacrée de ce qui se joue sur scène, ce lieu magique où chaque soir dans le monde entier on célèbre une étrange communion entre les comédiens, les auteurs, les textes, les metteurs en scène, les décors, la lumière, le son, le silence, l'espace, les costumes, les spectateurs, l'époque, les souvenirs, les cultures, la cité, et le reste. C'est, chaque soir, le mystère païen de l'*incarnation* qui se joue sur toutes les scènes du monde, et, chaque soir, le plus modeste des comédiens y tient le rôle d'un archange Gabriel animé par sa seule foi en la théâtralité. Il est l'annonce faite au public, l'agent du miracle, celui par qui le texte s'incarne, et le risque qu'il court si le miracle de l'incarnation n'a pas lieu, si le public ne « porte » pas la pièce (ceux que ce vocabulaire sacré agace peuvent utiliser d'autres métaphores : si l'avion ne décolle pas, si l'esprit ne se marie pas à la viande...), le risque que court le comédien est tout bonnement celui de son propre anéantissement. Si, tout à coup, sur scène, le comédien n'est pas autre chose que lui-même, c'est qu'il n'est plus rien, pas même lui. Moins qu'un mort.

Une seule alternative au royaume de la théâtralité : l'incarnation ou l'anéantissement.

De quoi vous flanquer le trac.

10

Magie

Pour se rendre supportable, mon trac se défaussait sur des peurs secondaires que je rendais responsables de ma panique générale. Parmi elles, la peur du trou de mémoire était bien entendu la plus vive. Ces pannes étaient d'autant plus affolantes qu'elles étaient réelles, répétées, et que je ne tombais jamais dans le *même* trou. Si, pendant une répétition, je sautais un paragraphe et que de retour chez moi je révisais le passage oublié, c'était un autre paragraphe que j'escamotais le lendemain, ou deux paragraphes que j'intervertissais.

— Qu'est-ce que je fais, si ça m'arrive pendant une représentation ?

— Ça ne t'arrivera pas, répondait Jean-Michel sans émotion apparente.

— Et si ça m'arrive quand même ?

— Il faudra que tu survives.

La peur pose des questions sans réponse. La seule réponse valable ici est trop simple pour être, sur le moment, acceptable par l'intéressé : *Si tu oublies ton texte sur scène, la situation te sera tellement insupportable que tu trouveras une solution.*

C'est exactement ce qui se produisit quand, le jour de la première, et devant une salle comble, je tombai dans un de ces trous tant redoutés. Panne sèche. Bouche ouverte, souffle suspendu, j'avais perdu *la suite*. Pas la moindre idée de ce que j'avais à dire *ensuite*. Le texte avait tout bonnement disparu. À croire qu'il n'avait jamais existé. Coupure de courant. Nuit noire. Je suis resté une seconde ou deux suspendu au-dessus de ce gouffre, puis j'ai crié, d'une voix claire, comme si la demande allait de soi :

— James, la suite !

À trente mètres de là, dans la cabine de régie d'où il réglait les éclairages en suivant le texte ligne à ligne, James (de son nom entier James Gallonier, grâce lui soit rendue *ad vitam æternam*!), James, qui n'était pas prévenu, me cria la suite avec un tel naturel que le public — y compris des amis proches — crut dur comme fer que cette voix tombée du ciel jaillissait du spectacle lui-même :

— Très bon, le gag du trou de mémoire !
— Parfait, le truc du souffleur hurleur !
La magie du théâtre était venue à mon secours, James jouant spontanément le rôle du magicien.

11

Côté cour, côté jardin

Quand j'y repense... Le néophyte absolu. Ignorance crasse. Tout me posait problème. À commencer par les expressions *côté cour* et *côté jardin* en lieu et place de gauche et de droite. Elles me flanquèrent dans un véritable état de panique spatiale.

— Côté cour, indiquait Jean-Michel.

Je me déplaçais sur ma droite.

— Non, côté cour !

— Oui, sur ma droite !

— Non, il faut prendre le point de vue du public !

— Le point de vue du public ?

— Oui, côté cour, la droite du public ; côté jardin, sa gauche.

— C'est-à-dire, côté cour, la gauche du comédien ; côté jardin sa droite.

— Si tu veux.

Données que j'inversais évidemment le lendemain.

— Tu m'as bien dis à gauche ?

— Non, côté jardin ! Tu te déplaces sur ta droite !

— C'est-à-dire ta gauche à toi !

— Oui, c'est la gauche du public, oui.

— Or, la gauche du public, c'est la droite du comédien.

— C'est ça.

— Côté jardin, donc.

— Côté jardin.

— À ma droite.

— À ta droite.

S'ensuivit un état obsessionnel où, marchant dans la rue, je me répétais : Côté jardin : leur droite, ma gauche ; côté cour : leur gauche, ma droite.

Tous mes amis comédiens, me proposèrent — et sans se concerter ! — le même moyen mnémotechnique réputé infaillible, moyen qui ajouta infiniment à ma confusion.

— Jardin et Cour, c'est comme Jésus-Christ.

— ... ?

— Tu imagines une croix plantée sur la scène : Jésus à droite et Christ à gauche.

— ... ?

— C'est pourtant simple !

(Simple, je ne sais pas, mais plutôt cruel ce miroir tendu à un crucifié !)

Ce fut Clovis, finalement, le fils de Jean, qui me donna la solution :

— Pense à ton cœur, me dit-il, côté cœur, c'est ta gauche.

— Ah, voilà ! Côté cœur et côté foie, ça au moins c'est clair ! Merci, Clovis.

Toute cette confusion me rappela une histoire qu'on m'avait racontée dans mon enfance. L'histoire de ce vieux marin qui prend sa retraite ; un dur à cuire, un vrai personnage de Conrad, commandant sans peur qui n'a jamais fait naufrage, qui a sorti son équipage des pires tempêtes. Dix fois, son bateau aurait dû couler. Cent fois ! Mais non, le vieux l'en avait toujours sorti. Ses hommes avaient en lui une confiance aveugle. Tempêtes, ouragans, typhons, on ne craignait rien avec lui. C'est qu'il avait un secret. Aux pires moments de la tourmente il descendait dans sa cabine, ouvrait un petit coffre avec une clef qui ne le quittait jamais, y jetait un coup d'œil rapide, le refermait soigneusement, remontait sur le pont et, gonflé à bloc, reprenait la manœuvre, sauvant à tous les coups ses hommes et son navire. Le jour de sa retraite, le vieux commandant confia la précieuse clef au jeunot qui lui succéda : « En cas de grain, lui dit-il, ouvrez ce petit coffre et jetez-y un œil, votre salut est au fond. » Ce que fit le nouveau commandant dès la première tempête. Au fond du coffre, il trouva un bout de papier sur lequel on avait hâtivement griffonné : *tribord, droite ; bâbord, gauche.*

12

Mes très grandes fautes

Il m'arrivait de rentrer chez moi, radieux comme un écolier parce que je n'avais « pas fait de faute » pendant une répétition — et, plus tard, pendant une représentation.

Quelle régression, cette aventure théâtrale quand j'y repense ! Tout se passait comme si, en confisquant mon livre, Jean-Michel avait retiré les roues arrière de mon petit vélo. J'étais joyeux comme un marmot chaque fois que je faisais deux mètres sans me casser la figure.

D'autres soirs, je rentrais défait, anéanti par une embuscade de ma mémoire. Ces soirs-là, j'avais, toujours comme un marmot, la conviction que « je n'y arriverais jamais ».

Les « fautes » commises étaient sensiblement les mêmes que dans la clairière du Vercors :

1) *L'oubli d'un mot ou d'un passage entier.* Ici, de deux choses l'une, ou je prenais conscience de cet oubli une fois la représentation terminée, le mot ou le passage oublié clignotant joyeusement dans ma tête : « Trop tard ! Trop tard ! » Ou, ce qui était pire, je m'en apercevais sur scène et perdais à me reprocher cette idiotie la concentration qui m'était nécessaire pour continuer. Chaque représentation est une métaphore pragmatique de la vie : *Il ne faut pas revenir sur le passé*. Le ressassement est l'ennemi mortel du comédien. Pas question de laisser un oubli perturber ce qui se joue dans l'instant suivant : il y va du reste de la représentation ! Aller de l'avant en étant mécontent de son passé, c'est le lot du comédien dès son premier lapsus. Tout juste peut-il espérer faire mieux le lendemain soir, dans sa prochaine vie.

2) *L'interversion de paragraphes.* Pas de pire sensation que celle de se trouver en un certain endroit du texte alors qu'on devrait être plusieurs pages en amont ! Ça s'annonce par un malaise indéfinissable. Où suis-je ? Le sentiment vague que le paysage ne se res-

semble pas ; on ne se trouve pas dans les mots qu'il faudrait. Bon Dieu, j'ai interverti deux paragraphes ! Comment revenir en arrière ? Comment remettre le monologue à l'endroit ? S'ensuivaient quelques secondes de pilotage aveugle où je récitais le texte sans savoir où j'allais, accompagné par une pensée désolée pour James qui devait être perdu dans ses lumières, là-haut. Mais contrairement à moi, James était un professionnel aux réflexes immédiats. C'était lui qui s'inquiétait pour moi ; il était maintenant à l'affût du moment où je tenterais de récupérer le passage avec lequel je venais de jouer à saute-mouton. Ce que je fis une ou deux fois, en expliquant froidement la chose aux spectateurs : désolé, retour en arrière, j'ai tout mélangé. (Autant jouer la sincérité quand on n'est pas un virtuose de la scène.)

3) *La panne sèche.* J'en ai déjà parlé. De très loin l'épreuve la plus terrible. On joue, on joue, l'habitude semble avoir pris le dessus, c'est tout juste si on songe à ce qu'on dit tellement on est occupé à jouir de la fusion supposée avec le public, et, soudain, coupure de courant. Le trou noir. Plus un mot dans la tête. C'est un détail imprévu

qui a provoqué la panne : un spectateur s'est mouché, son nez a émis les premières notes de l'hymne à la joie ; un portable a sonné, résultat : la synapse de service refuse de connecter les deux neurones compétents et la lumière s'éteint. Cela m'arrivait fréquemment en répétition : faute de concentration, pensais-je, trop de choses à retenir en même temps (les indications de Jean-Michel, les déplacements, le texte, le ton, les réglages du son, de la lumière, tel élément du décor à modifier, etc.). Mais cela m'est arrivé aussi pendant les représentations, deux ou trois fois, par crispation d'abord, par excès de confiance ensuite. Chaque fois, j'ai fait officiellement appel au dieu des régies, et la voix de James est tombée du ciel pour me sortir d'affaire. (L'attention de James tenait aussi à l'extrême précision des jeux de lumière dont Jean-Michel avait fait l'essentiel de sa mise en scène. Le lauréat évoluait dans un smoking miteux, mais il était habillé d'une lumière infiniment délicate.)

4) *Un mot pour un autre.* Il m'arrivait aussi d'utiliser un mot pour un autre, avec une

constance déroutante. Le mot « candidat », par exemple, qui ne figure pas une seule fois dans le texte, me venait régulièrement à la place de « lauréat », qu'on y trouve vingt-trois fois !

13

Trucs

Outre les recommandations de Jean-Michel, mes amis comédiens m'indiquaient des trucs pour limiter ces risques d'accident.

Contre l'oubli d'un paragraphe ou son interversion avec un autre, par exemple, Jean Guerrin me conseilla de réciter le texte en *soudant* la première phrase du paragraphe oublié à la dernière de celui qui le précède.

— Concentre-toi sur la suite musicale des mots. Pour éviter ce genre de trou, il faut se débrouiller pour que le dernier mot d'un paragraphe entraîne automatiquement le premier du suivant, dans un enchaînement phonétique.

Par exemple :

« *Je peux à la rigueur remercier l'équipe innom-*

brable de ceux qui m'ont fichu la paix pendant que j'y travaillais, ça oui toute-ma-gratitude-et-puis-il-y-a-autre-chose-à-propos-du-remerciement-comme-genre, *si on y réfléchit bien le remerciement est un genre redondant, etc.* »

ou

« *Tous les enfants sont fille et fils de Guillaume Tell. Ils ont tous une pomme en équilibre sur la tête. Et ils ne sont pas à nos frais* ils-sont-à-notre-charge-bon-résumons-nous, *primé pour l'ensemble de mon œuvre, etc.* »

J'ai suivi le conseil de Jean et j'ai triché, aussi ; j'ai imprimé lesdites soudures en gros caractères, j'ai demandé à Johannès (le chef de plateau, encore un type de magicien sur lequel il y aurait beaucoup à dire) de planquer les feuilles juste derrière l'estrade, pour que je puisse y jeter un œil en cas de trou. Ce que j'ai fait, une ou deux fois, mine de rien — tout juste si je ne me suis pas mis à siffloter —, honteux quand même, jusqu'au jour où j'ai supprimé ces antisèches qui me rappelaient de trop mauvais souvenirs scolaires. (Toujours la régression.)

Quant à ce « candidat » qui voulait absolument prendre la place du « lauréat », je dois son élimination à une analyse éclair de mon amie Hélène Patarot, comédienne chez Peter Brook :

— Tu dois abriter un petit candidat qui ne veut être lauréat de rien du tout. Il faut lui régler son compte.

Cette brève analyse (certains y usent vingt ans de leur vie !) m'a permis de ne plus confondre une seule fois les deux mots.

Pour le reste, j'ai multiplié les italiennes jusqu'au vertige.

Jean-Michel s'en inquiétait :

— Arrête, avec les italiennes, n'exagère pas ! Laisse à ton corps la possibilité de digérer le texte !

14

Mes italiennes

La répétition à l'italienne consiste à réciter le texte, sans souci de mise en scène, jusqu'à sa mémorisation parfaite. Comme *Merci* est un monologue, j'avais le choix entre deux types d'italiennes : l'italienne solitaire ou l'italienne sous surveillance. Je les ai pratiquées toutes les deux sans modération. L'italienne surveillée, d'abord. Ma femme et mes amis, oreilles mercenaires recrutées jusque dans la cour de mon immeuble, m'écoutaient ressasser le texte à tour de rôle. Mission : ne laisser passer aucune faute, même si (toujours le marmot) je protestais que j'avais le droit d'améliorer la pièce en improvisant par-ci par-là : « Je suis l'auteur, merde ! » Rien à faire, ils devaient rester intraitables, s'en tenir à la lettre, comme si la pièce n'était pas de moi. C'est à cela que je voulais aboutir : considérer ce monologue comme étant d'un autre, me contraindre au respect de la lettre.

Tous m'ont fait réciter, Minne surtout, chaque matin, avant son litre de café, Minne dans un demi-coma, le bouquin à la main, et moi arpentant notre chambre, lui glissant en douce quelques lignes d'un autre (Verlaine, Michaux, Kafka...) pour voir si elle suivait, Minne, endormie mais vigilante : « Désolée, ça ce n'est pas de toi, c'est beaucoup mieux... »

À cela s'ajoutaient les italiennes solitaires. J'ai repris mes déambulations. Mais je n'étais plus dans le Vercors, j'étais à Paris, je ne pouvais pas gueuler mon texte sans souci des biches et des sangliers. J'allais parmi les gens, du Père-Lachaise au quartier Mouffetard, de la rue Mouffetard au Rond-Point des Champs-Élysées, du Rond-Point des Champs-Élysées à Belleville, je parcourais Paris en marmonnant des remerciements. J'avançais tête basse, le mouvement de mes lèvres masqué par une écharpe, honteux comme à confesse.

Petit à petit je me suis aperçu que je n'étais pas le seul à soliloquer. Apparemment, la moitié de Paris pratiquait l'italienne. Une population de comédiens en pleine répétition. Et qui ne se cachaient pas ! Toutes sortes de rôles : les joyeux, les furibards, les démonstratifs, les péremptoires, les énamourés, les affairistes, les lamentables, les menaçants, les évasifs, tous archiconcentrés sur leur rôle, seuls au trottoir, ignorant superbement le passage humain, marmonnant, dissertant ou tempêtant, et les mimiques allant avec, froncement de sourcils, haussement d'épaules, index pédagogue, hochement de tête, gestes tranchants... Vive le portable !

Depuis l'invention du téléphone portable, et sa disparition au profit d'invisibles oreillettes, les délirants n'attirent plus l'attention dans les rues de nos villes, et les comédiens peuvent tranquillement y filer leur italienne. Rien ne les distingue de la marée des téléphonistes égarés dans leurs monologues. Vus de l'extérieur, nous allons tous comme les cinglés de Tintin, une petite spirale dessinée au-dessus de la tête.

Je me suis donc mis à réciter ma partition à voix haute, comme tout le monde. Je l'ai d'abord récitée en temps réel, songeant à l'estrade sur laquelle je me déplaçais (ici il dit ceci, là il dit cela). Durée, cinquante-cinq minutes : du Père-Lachaise à la cour du Louvre. Puis j'ai décidé de réciter le plus vite possible, pour fignoler les automatismes. Record, trente-deux minutes : du Rond-Point des Champs-Élysées au métro Châtelet, en passant par le jardin des Tuileries. Ensuite, j'ai multiplié les obstacles ; je me suis entraîné à réciter en faisant autre chose : ma toilette, notre chambre, des courses, du secrétariat... Mais c'était trop facile, on peut très bien se livrer à ce genre d'activités la tête ailleurs. Alors, j'ai allumé la radio : réciter par-dessus les informations et leurs commentaires, sans souci de ce qui se dit, ça c'est de l'italienne vraiment résistante ! Je récitais en prenant des accents, aussi : l'accent corse, l'accent québécois, ou en imitant les voix de Jouvet, de De Gaulle, ma jeunesse phonétique... Le but ? Faire le zouave en me concentrant sur le texte, pas sur le zouave. Me désencombrer de moi-même.

À vrai dire, le seul obstacle infranchissable à mes italiennes, c'était le visage des gens assis en face de moi, dans le métro. Je récitais muettement mon texte, mais dès que mes yeux se posaient sur le visage de la personne assise là, à quelques centimètres de moi, les mots s'évaporaient, le cours de ma récitation se tarissait, et bientôt ne demeurait que ce visage, absolument réel, si *attachant* dans son énigmatique réalité que j'en perdais l'obsession de réciter... Jusqu'à ce qu'une sonnerie retentisse, que le visage de mon vis-à-vis s'anime, et qu'il entame sa propre italienne.

15

La revanche des italiennes

Comme l'avait prévu Jean-Michel, cette orgie d'italiennes se révéla être une erreur de débutant. À force d'automatismes, mes italiennes ne tardèrent pas à prendre le pouvoir. Au bout de quelques représentations le texte se mit à se dévider presque indépendamment de ma volonté. C'était ma voix, c'étaient mes gestes, mais je n'y étais plus. Ce n'était pas un autre pourtant, sur cette estrade, c'était bien moi, mais un moi tellement armé contre l'imprévu qu'il s'était mis sur pilote automatique : ça se déclenchait à la commande, ça jouait la comédie pendant cinquante-cinq minutes, ça donnait l'impression de s'adresser aux spectateurs mais ça dévidait le texte sans y penser, enchaînant les paragraphes dans un ordre irréprochable, bougeant, dissertant, riant, grognant, tempêtant, se lamentant, remerciant, pour finir par saluer, quitter le théâtre et rentrer à la maison, sourcils froncés, la barre du métro en main, à se demander si ça n'avait pas oublié un mot tout de même, par-ci par-là, et me promettant une italienne dès notre arrivée. (Encore une italienne ! Tu es sûr ? Parfaitement, avant le dîner !)

S'ensuivit une sensation de saturation proche du dégoût.

Pourquoi, « proche » ? Un bon gros écœurement, oui, une indigestion !

Je me suis mis à détester le son de ma voix, ce ronronnement obsédant, cette mélasse qui se répandait, homogène, trois fois par semaine, pendant une heure, sur la scène d'un théâtre, ces inflexions horripilantes à force d'être identiques, ces changements de rythme réglés comme des aiguillages, toute cette préméditation... Et ces silences disposés comme des bibelots : silence, ici on admire la réplique précédente !

Bref, à force d'italiennes le texte m'avait envahi et j'avais cessé de l'habiter. Il m'avait colonisé, au sens propre du mot : un étranger dominateur. Ce faisant, lui-même avait perdu son humaine substance. Je ne savais plus quel personnage j'incarnais, ni à qui je m'adressais : un robot monologuait devant des spectateurs interchangeables. Comme si je me contentais de réciter en moi-même. Chaque représentation n'était qu'une italienne de plus.

La question de savoir si le public s'en apercevait était secondaire. *Moi*, je le savais, c'était déjà trop. La mécanique savait que telle réplique provoquait tel type de rires, à tel moment, que tel geste appelait telle réaction, et la mécanique s'en contentait ; ici on joue de la surprise, là de l'émotion, là de l'impertinence... Ça fonctionnait. Une petite entreprise qui roulait d'elle-même, trois soirs par semaine entre dix-huit heures trente et dix-neuf heures trente.

Jusqu'à l'ennui.

Le mien, en tout cas.

Et si, certains soirs, la salle ne répondait pas mécaniquement aux effets programmés par ma mécanique, c'était la faute de la salle ; je la trouvais tiède.

— Je te l'avais dit, conclut sobrement Jean-Michel, on répète tout seul, on répète tout seul, et on perd la vie du texte...

16

Petite parenthèse mnémonique

Victoire sur ma mémoire ?
Pas même.
Cette garce m'avait juste abandonné le terrain du théâtre. Fine stratège : on laisse la ville à l'occupant et on mène une guerre d'asphyxie sur le reste du territoire.
Liste :
Ma voiture perdue dans les parkings de Roissy-Charles-de-Gaulle, trois heures passées à la chercher. (Nous revenions de Milan, Minne et moi, où nous avions vu *Merci*, joué par Claudio Bisio, au Piccolo Teatro, j'y reviendrai.) Les codes des portes s'évaporant plus que jamais, avec les numéros de téléphones et les dates d'anniversaires. Interviews oubliées, journalistes vexés, visages familiers aux noms effacés... Combien de fois la même scène, à la sortie du théâtre

justement : Daniel, comment vas-tu ? C'est marrant de te retrouver sur une scène de théâtre ! Oui, oui, mais qui es-tu, toi, vieux copain qui te tiens là, mi-gêné mi-content ? Comment je vais ? Mais très bien, très bien, comme un amnésique surentraîné ! Et toi, si tu me disais plutôt comment tu te portes toi, juste le temps que je me rappelle ton nom... Et mes anciens élèves (cette lointaine et familière enfance, immédiatement repérée pourtant dans la profondeur de leurs visages d'hommes et de femmes devenus), voyons, toi j'ai dû t'avoir en 82 ou 83, mais ton nom, ton nom, le nom que je dois inscrire sur le livre que tu me tends pour dédicace, je ne peux tout de même pas te faire l'insulte de ne pas me rappeler ton prénom ! Et toutes ces conversations plus mitées que jamais, trouées juste aux endroits où il faudrait que l'on brille (titres oubliés, de romans, de films, de pièces, d'essais, de tableaux, noms de personnages ou d'auteurs ou de villes, dates ô combien historiques, références indispensables, inutile d'entamer la liste de ces oublis, elle est sans fin)... Ah ! ces envolées avortées faute de carburant au moment crucial... mes crashs de bavard amnésique... rien de changé dans ce domaine, au contraire, ça aurait même tendance à empirer.

Ô le plaisant paradoxe débusqué par cette question, si souvent posée après chaque représentation :

— Quelle mémoire ! Non mais dis donc, quelle mémoire ! Comment fais-tu pour retenir tout ce texte ?

— En oubliant le reste.

17

Nostalgie de la première fois

Robotisé par mes italiennes, je me surpris à regretter mes premières représentations. Le naturel des premières fois. Le temps de l'innocence. J'y ai cru dur comme fer, persuadé d'être passé par une étape de grâce angélique où je jouais ma pièce avec liberté et naturel.

Jusqu'au moment où, tout de même, un ricanement m'a rappelé à la réalité. Libre ? Naturel ? Quand ? Et combien de temps ? La première fois ? Quelle première fois ? La première fois tu étais tellement pétrifié par la trouille que le texte s'est congelé dans ton cerveau ! Tu ne te souviens pas ? Et ton SOS à James, là-haut ? La deuxième fois ? Pareil ! Pareil, la deuxième fois, James, encore ! Sa bouée de sauvetage en plein spectacle ! Et peut-être la troisième. Les premières représentations, tu allais de trou en trou. Tu sortais de scène comme un boxeur groggy, surpris d'être vivant. Bouche sèche. Fantastiquement astringentes, les premières fois ! Tu récitais comme un enfant sur l'estrade, tout raidi par l'effort de mémoire. Tu jouais comme une stalagmite ! C'est pour ça que tu as multiplié les italiennes ! Non, non, tu n'as pas connu d'état de grâce. Désolé, mais tu es passé de l'état de fruit vert à celui de fruit blet sans transiter par le fruit mûr. La voilà, ton évolution théâtrale !

Oui, je crois bien m'être laissé gagner par la nostalgie d'un temps qui n'avait pas existé. Apparemment, au théâtre comme en amour, nous rêvons souvent à des premières fois idéales : virginales mais savantes, innocentes mais expérimentées, désirées au point qu'on les invente et qu'on les regrette sincèrement sans les avoir jamais vécues.

La première fois, au théâtre, c'est le privilège du public.

18

Mes lauréats

Mon état devenait intéressant. En tout cas, à mes propres yeux. J'étais en train de passer par une drôle d'essoreuse ! Qu'est-ce qui m'a pris de me lancer dans cette aventure ? L'expérience présente-t-elle un quelconque intérêt ? Voyons un peu... Installons-nous dans le temps particulier de l'écriture, offrons-nous la distance scrutatrice des mots. Reprenons tout de zéro.

Et j'ai commencé à écrire cette chronique.

Une année et demie s'était écoulée depuis la publication de *Merci* ; Gallimard en préparait l'édition Folio, j'ai proposé d'y ajouter le récit de cette expérience théâtrale, pour la raison qu'elle me surprenait moi-même — et dans le vague espoir qu'elle puisse être utile aux apprentis de la scène.

Or, nous voici arrivé au chapitre 18 et je

n'ai pas parlé une seule fois du lauréat *en tant que personnage* ! Pas un mot sur l'interprétation, donc. Adaptation, mémorisation, mise en scène, oui, mais rien sur le personnage, et pas davantage sur ma relation au public.

Commençons par le commencement : je ne suis pas le premier lauréat de cette pièce, d'autres ont interprété le rôle avant moi. Au moins quatre : Stefano Benni et Claudio Bisio en Italie, Claude Piéplu en France et Quentin Blake en Angleterre.

Gênes, théâtre de l'Archivolto, 21 et 22 octobre 2004. Le romancier Stefano Benni, mon frère de plume italien, à qui est dédié *Merci*, est planté au milieu de la scène, cravate rouge sur chemise noire (la cravate représente un chien passablement déprimé), veste de smoking élimée et vieux jeans... Il fait une lecture publique de *Merci (Grazie)*, debout à un pupitre, en brandissant un trophée ridicule, qu'il pulvérisera avec une dignité de Nobel fou. Einstein échevelé, roulant des yeux effarés, il campe pour la plus grande joie des spectateurs un lauréat qui lui ressemble, plein de rires, de fureur contenue, de larmes, d'imprécations, de murmures féroces, de silences entendus, et de rires encore. Le public trépigne, c'est l'ovation, Stefano est célébré deux soirs de suite, plus Benni que jamais !

Gênes, librairie Feltrinelli, 2 juillet 2005. C'est la fameuse séance de lecture où mes amis Alberto Rollo et Claudio Bisio sont respectivement aux didascalies et au monologue de *Grazie*. Pas mal non plus, leur numéro à la Buster Keaton !

Piccolo Teatro de Milan, dimanche 16 octobre 2005. Une poursuite éblouissante court sur un rideau écarlate. Apparaît, de dos, un Stefano Benni plus échevelé que jamais. À ceci près que ce n'est pas Benni, c'est Claudio Bisio, qui interprète mon lauréat *avec la silhouette de Benni*, familière à tous les Italiens. Non seulement Giorgio Gallione, le metteur en scène, n'a pas coupé la pièce comme je l'ai fait, mais Claudio et lui (mes compères avec Benni, depuis que celui-ci a introduit mes romans en Italie et que Bisio a joué un *Monsieur Malaussène* monté par Gallione) y ont rajouté des allusions à Malaussène justement, les moments les plus fous de nos rigolades privées, les propres mots d'esprit de Claudio — qui n'en manque pas et se retient peu —, le tout donnant un extravagant feu d'artifice verbal et gestuel que Giorgio a habillé d'une mise en scène fellinienne, comme s'il y avait cinquante personnages sur le plateau. (L'exact contraire de l'extrême sobriété adoptée par Jean-Michel en enchâssant le personnage dans une lumière précise sur une estrade nue.)

28 décembre 2005. Vercors. J'ai punaisé au lambris de notre chambre, le portrait que Quentin Blake a fait du lauréat de *Merci* pour la couverture du disque enregistré par Claude Piéplu. Encre et aquarelle. J'aime passionnément les dessins de Quentin Blake. Je les ai découverts comme nous tous de ce côté de la Manche, en lisant — et en faisant lire à mes élèves — les romans de Roald Dahl que Blake a illustrés : *Mathilda, Charlie et la chocolaterie, L'ascenseur de verre, Le Bon Gros Géant* et les autres.

Quentin Blake et Claude Piéplu...

C'est fou ce que le dessin de Quentin Blake (voir cahier d'illustrations) évoque la silhouette et la voix de Piéplu ! Pourtant —

Quentin me l'a confirmé au téléphone —, il ne connaissait pas Claude Piéplu et n'avait pas entendu son disque quand il a fait ce portrait. Tout se passe comme si, pour évoquer mon lauréat, sa plume et son pinceau avaient innocemment plongé dans cette voix si singulière. Ou plutôt, comme si l'œil du peintre et la voix de l'acteur avaient saisi le *même* lauréat, en avaient donné une interprétation identique. Quentin campe un personnage déchiré, radieux d'une lumière qui le brûle, à la fois ravi et égaré, tout raide dans les rayures d'un costume qu'on devine hors de mode. C'est une apparition, surgie d'une ombre tumultueuse au-dessus d'un invisible public... Ses yeux sont deux trous de lumière, un rictus entre joie, effarement et fureur lui cisaille le visage dont seul le menton et les orbites sont éclairés. Cauchemar et sunlights... C'est bien ainsi que le lit Claude Piéplu, de sa voix si étrange, comme s'il parlait légèrement *à côté* et que ce demi-pas latéral lui suffise pour rendre la féroce absurdité des situations officielles et l'absolue solitude de celui qu'on y honore.

19

Le singe et la girafe
ou
Pennac jouant Pennac

Tels sont les quatre premiers lauréats.

Mais le mien, celui que je joue au théâtre du Rond-Point, à quoi ressemble-t-il ? C'est une question que je ne me suis pas vraiment posée jusqu'ici. Pas eu le temps. Trop occupé à dompter ma mémoire, à maîtriser mon corps, à lutter contre le trac, à écouter les suggestions et les rappels de Jean-Michel : sur l'impulsion à donner au début de la pièce, par exemple (« Plus vive, ton attaque ! »), sur la tonalité de la fin (« Je verrais une fin plus intérieure, plus apaisée »), sur mes regards au public (« Regarde plus haut, vers le milieu de la salle, sinon tu donnes l'impression de baisser les yeux »), sur la chasse à mes tics de professeur (« Trop longs, certains silences, tu n'es pas devant une salle de classe ! »)...

Bref, jusqu'ici j'ai été trop soucieux de me contrôler dans tous les secteurs du jeu pour réfléchir à l'interprétation proprement dite. Trop occupé surtout à *m'éliminer du texte*, comme en témoigne la conversation suivante avec mon amie Françoise Delfosse (la Fanchon déjà décrite dans *Le dictateur et le hamac* : le théâtre lui est une vieille passion et nous avons, dans notre jeunesse, monté un *Ubu roi* avec nos élèves — elle à la mise en scène, moi aux décors — qui demeure immortel, au moins pour nos deux mémoires).

— En fait, dis-je à Fanchon, j'apprends mon texte comme s'il était d'un autre.

— Quel autre ? demande-t-elle.

— Comme s'il n'était pas de moi, si tu préfères.

— Mais il *est* de toi !

Exactement ce que je refuse d'entendre.

— Il est de toi ! Et c'est bien ce que les gens viennent voir. Ils ne viennent pas voir un comédien jouer une pièce de Pennac, ni Pennac jouer le texte d'Untel, ils viennent voir Pennac jouer un texte de Pennac. *Leur* Pennac, pour un bon nombre, par-dessus le marché. C'est d'ailleurs ce qu'annonce l'affiche du Rond-Point : *Pennac joue Pennac.*

Et, que tu le veuilles ou non, ça représente une sorte de phénomène. Tu en connais beaucoup des auteurs qui jouent leurs propres textes ?

— Shakespeare, Molière, Sacha Guitry, Dubillard, Ribes, Grumbert, Benedetto, Caubert, Dario Fo...

Elle interrompt mon énumération :

— Des comédiens qui écrivent leur pièce ou leur spectacle, oui, mais des romanciers qui pondent une pièce et la joue ? Aucun. Jamais. Ni aujourd'hui ni hier. Tu vois Camus dans le rôle de *Caligula* ? Sartre se glisser dans *Les séquestrés d'Altona* ? Modiano monter son *Pedigree* ?

En une existence de conversations tout terrain, je n'ai jamais vu Fanchon lâcher prise.

— Je suis un objet de curiosité, alors ?

— C'est en tout cas un élément que tu ne peux pas négliger. Par ailleurs, tiens, puisque j'y suis, quel effet ça te fait de *te* jouer toi-même ?

— ... ?

— Tu ferais bien d'y réfléchir si tu continues d'écrire cette chronique, parce que c'est très intéressant.

Elle a raison. Étrange, tout de même, cette dénégation, chez moi. Prétendre jouer *Merci* comme si le texte était d'un autre, au point de laisser mes italiennes le dévider comme s'il n'était de personne... Serait-ce l'ultime refuge de la pudeur, ce pieux mensonge ? Une façon de ne pas m'exposer absolument *à mes propres yeux*, sur cette scène où tout le monde peut me voir ?

Voilà qui intéresserait bougrement le psy de service !

Poursuivant avec Jean-Michel la conversation entamée quelques jours plus tôt avec Fanchon, j'obtiens, à propos du phénomène Pennac jouant Pennac, la réponse suivante :

— Bien sûr, c'est toi que certains spectateurs viennent voir sur scène. Mais la seule curiosité ne tient pas les gens assis plus de dix minutes dans un fauteuil. S'ils restent, c'est forcément qu'il se passe aussi autre chose. Et cette autre chose, c'est *Merci*.

Puis, cette image :

— C'est comme au zoo. On peut venir au zoo voir la plus belle girafe du monde, quand on l'a vue, au bout de dix minutes on s'en va. Sauf si elle se tape le singe. Là, on reste.

(La plupart de mes amis ont un sens de l'image bien à eux. C'est peut-être même le critère secret de mes choix. Aucun doute, cette aventure nous a liés d'amitié, Jean-Michel et moi.)

Et l'ami Ribes de minimiser son rôle premier dans cette affaire :

— Où veux-tu que j'aie trouvé la force de faire monter sur scène un type qui n'en aurait pas eu la moindre envie ? Si tu as joué cette pièce, c'est que tu voulais la jouer. Et tu as voulu la jouer parce qu'elle était de toi. Tu as éprouvé le besoin de vérifier *organiquement* le bien-fondé d'un monologue sorti de toi et que, d'ailleurs, tu as dû dire en l'écrivant.

Exact.

Nouvelle image :

— Tu sais, comme le scientifique qui affirme, calculs à l'appui, que (par exemple), si on reste plus de trois heures à quatre kilomètres sous terre, on remonte les pieds gelés. C'est sa théorie. Il ne sera tranquille que quand il l'aura vérifiée *lui-même*. Il finit par descendre, il remonte les pieds gelés ; il avait raison.

— Admettons. Et qu'est-ce que je voulais vérifier, d'après toi ?

— Que ton texte plaisait. Ce n'est pas, comme tu le crains, une simple affaire de narcissisme mais surtout la question du plaisir partagé avec le lecteur. Le besoin de vérifier le plaisir que tu donnes. Et tu n'aurais pas pu le vérifier si un autre que toi avait joué ce monologue.

Peut-être..., la vérification, par le biais du théâtre, de ce que ressent mon lecteur, *comme s'il me lisait au moment même où j'écris...* C'est probablement la tentation secrète de bien des romanciers. Sans doute même se cache-t-elle, inavouable, au cœur de toute écriture. J'y ai longuement réfléchi après notre conversation avec Jean-Michel et ça m'a rappelé une phrase de Pontalis dans *En marge des jours*, où l'auteur évoque cette frustration face à *l'indifférence du livre qui jamais ne remerciera son auteur de l'avoir fait si beau.* Quelle trouvaille ! (Et quel malicieux humour dans la trouvaille !) Car c'est bien ce après quoi nous courons tous, finalement, la gratitude du texte envisagé comme idéal lecteur de nous-même ! À défaut, nous demandons l'aval du lecteur. Et à défaut encore, nous éprouvons la gratitude d'être lus. Il n'est pas impossible que je sois allé quêter tout ça en franchissant cette ligne de feu qui séparait les coulisses de la scène, oui. C'est même probable. Chaque fois que j'entrais en scène c'était dans mon texte, en fait, que je plongeais, c'était mon texte que j'écrivais une nouvelle fois, pour les spectateurs.

Du coup, la question de l'interprétation se pose différemment. Il ne s'agit pas d'incarner un personnage — ici le lauréat —, comme s'il n'était pas de moi, il s'agit, au contraire, de le recréer tous les soirs *dans l'état d'esprit qui était le mien* quand je l'ai imaginé. Dominer la mécanique des italiennes et me réapproprier ce monologue que j'ai pris tant de soin à vider de moi-même en l'apprenant. Sacrifier au devoir d'incarnation. Sortir de mon bocal de romancier et faire passer mon désir d'écrire ce texte, tel qu'il m'a fait grimper quatre à quatre l'escalier de mon bureau, il y a deux ans. Peu importe que mon lauréat soit peintre, sculpteur, comédien, romancier, compositeur ou quoi que ce soit d'autre, pourvu qu'il vibre du désir qui m'a fait le créer de mes propres mots, dans ma propre langue. Le lauréat n'est qu'un instrument de musique au service d'une variation sur le thème inépuisable de la gratitude feinte et du remerciement vrai. L'interprétation consiste à ne pas rater cette variation.

20

Jouer

Ces résolutions prises j'ai repris le spectacle bien décidé à remplir le personnage de moi-même et à en jouer avec les autres.

J'entre en scène, je cours le long du tapis rouge, je saute sur l'estrade où je m'immobilise, trophée brandi, comme la statue de la Liberté. J'attends que se taisent les applaudissements enregistrés, et ceux du public qu'ils entraînent par-ci par-là.

Cinq secondes de silence absolu.

Puis, je dis :

« Merci. »

Voilà.

C'est commencé.

Je vois à peine les spectateurs ; la poursuite maniée par Florent m'éblouit, plongeant la salle dans une obscurité irisée. Mais je sens la présence des gens ; ils sont une vivante caisse de résonance. Leurs rires, leurs silences, leurs moments d'émotion, leurs temps de réflexion, leurs plages de rêveries, leurs gloussements isolés, leurs applaudissements soudains, leurs réactions à contretemps sont les vêtements, chaque soir différents, dont ils habillent mon texte.

Mémoire maîtrisée, je n'ai plus peur des chausse-trappes. Le texte lui-même se confond maintenant avec l'espace dans lequel j'évolue. J'éprouve la sensation délicieuse de parcourir des phrases, quand jusqu'ici je me déplaçais sur une estrade avec la préoccupation de ne pas buter contre des mots. Et s'il m'arrive de tomber dans un trou, aucune importance, j'en appelle au dieu des lumières, le plus naturellement du monde. C'est rare, d'ailleurs, cela m'est arrivé avant-hier, après une improvisation qui m'a fait perdre le fil. Parce que je m'autorise quelques improvisations, désormais, petits détours par chemins prometteurs. De retour dans le texte j'évolue comme s'il était devenu espace et volume, scène, salle, public et moi. Je l'ai incorporé. Il a fondu, passant insensiblement de mon cerveau à la totalité de mon corps, comme la graisse de ces cochons demi-sauvages de *Jabugo*, en Andalousie, qui, répartie harmonieusement dans toute la viande de la bête, en fait le meilleur jambon du monde. Eh oui, grâce à cette fusion du texte et de mon corps, je me prends parfois pour le meilleur jambon du monde !

Parfois seulement.

Il y a des ratés.

Mal dormi, trop mangé, manque d'énergie, crise de doute, soucis annexes, un rien suffit à donner l'impression que « celle-ci n'est pas une bonne ». C'est le lot de tous les comédiens, j'imagine : cette sensation, tout au long de la représentation, qu'on est resté à côté du personnage, qu'on a tout fait passer en force, sans un moment de grâce, et qu'une fine pellicule de néant nous a séparé du public, ce soir.

À la sortie, les amis tentent de rassurer le comédien, on lui dit non, non, c'était *une bonne*, je t'assure, c'était une bonne, mais il rentre chez lui, persuadé que ce n'était pas *la* bonne. Demain, peut-être… la bonne sera peut-être pour demain...

21

Les gens

J'aurais dû tenir un journal des salles, comme le marin note quotidiennement les états de la mer qui le porte. Je me suis contenté de griffonner quelques observations.

Salle rieuse. Démarré ensemble dès le début. Bien joué avec jusqu'à la fin.

Grippée, la salle, ce soir, un peu ailleurs — comme moi, il faut dire —, ça toussait dans les silences.

Incroyable salle des fêtes, aujourd'hui ! Ça partait dans tous les sens.

Aujourd'hui, salle studieuse. On aurait pu croire qu'ils s'ennuyaient ; ils écoutaient. À la fin, ils avaient l'applaudissement clair et le visage content.

Un portable a sonné. Les portables qu'on oublie

d'éteindre sont toujours ceux dont la sonnerie est la plus alambiquée.

Une jeune fille dormait au premier rang, ce soir. Dors, ma chérie, repose-toi, les journées sont longues et je pionce moi-même beaucoup, au théâtre.

Vendredi, premier jour des vacances scolaires, salle moins remplie, plus timide. Comme les feux de broussailles dans le maquis, les rires semblent se propager plus vite dans les salles pleines.

À propos d'incendie, une spectatrice saisie d'un inextinguible fou rire, qui mordait largement sur les moments où la rigolade ne s'imposait pas. Ça la reprenait soudain, comme un foyer mal éteint sous une bourrasque nouvelle.

Dresser une typologie des rires : le rire guignol (passage sur le ministre qui se félicite lui-même, nous tapons tous ensemble sur guignol à ce moment-là), le rire sur soi (passage sur les cadeaux de Noël), les rires par surprise (« Je t'aime », « Merci beaucoup ! »), le rire complice (un joli rire solitaire, amusé par un mot, qui sonne comme un rire de connivence), le rire pensif (toute la représentation ponctuée par le rire d'un homme qui semblait réfléchir en riant), le rire de soulagement (« votre fils est en crise », tiens nous ne sommes pas les seuls), le rire contresens (qui s'arrête net, comme on fait demi-tour dans un sens interdit, en espérant qu'il n'y a pas de flic en vue), le rire attendu et qui ne vient pas... (bon, j'ai raté mon coup, aujourd'hui).

Et une typologie des silences, aussi : le si long silence du spectacle qui ne démarre pas (Bon Dieu, que je me sens seul...), l'énigme de ce visage clos, au premier rang (pas la moindre expression, y compris à la fin, en applaudissant), les silences d'accompagnement (ce beau silence d'accompagnement durant le passage sur la nécessaire gratuité de la création...).

Le plus bel hommage : la salle enrhumée qui ne tousse pas.

Ça commence dans ma loge, cette perception de la salle.

La voix d'Antoine dans le retour :

— Le spectacle *Merci* commence dans un quart d'heure, salle Renaud-Barrault.

J'écoute la salle se remplir.

Elle se compose petit à petit.

Je cherche à la deviner. Nombreux, ce soir. Et plutôt vifs. Murmures, conversations, appels, toux, éternuements, on fait le ménage des bronches pour se mettre en état d'écouter. Ils accordent leurs instruments, en somme.

Les gens...

Tout à l'heure, c'est la curiosité qui me fera franchir la porte.

Chaque soir nous nous jouons une pièce différente.

MERCI

Adaptation théâtrale

1

Nous sommes au théâtre.
Scène gigantesque, grand vide blanc.
Une estrade sur l'avant-scène.
Un cube de bois sur l'estrade. (Il figurera le minibar.)
Jouxtant l'estrade, côté jardin, quelques chaises dorées, disposées en biais. (Elles figureront le jury.)
Côté cour, un tapis rouge relie en diagonale une porte de fond de scène à l'estrade.

Des applaudissements retentissent.
La porte s'ouvre.
Le lauréat apparaît. Il court le long du tapis, saute sur l'estrade et s'immobilise face au public en brandissant un trophée pareil à un lingot d'or.
Immobilité absolue jusqu'à ce que les applaudissements enregistrés s'évanouissent.

Silence.
Enfin, il dit :

— Merci.

Son bras retombe. Regard gêné :

— Vous êtes vraiment... Vraiment, vous êtes...

Il hoche affectueusement la tête en désignant le trophée. Apparemment, le trophée pèse lourd.

— Je ne sais pas comment vous...

Il tend le trophée côté cour, avec hésitation, pour s'en débarrasser :

— S'il vous plaît, quelqu'un pourrait me le...

Rien ne se passe.

— Non ?...

Il tend le trophée vers le jury. Même jeu. Un moment de gêne :

— Je le garde ?

À nous, soupesant le trophée :

— Le poids de l'honneur...

Il pose le trophée sur le cube de bois. Bruit sourd.

— D'autant plus que je vais avoir besoin de mes deux mains, à présent.

Il glisse la main droite dans l'échancrure de son smoking.

— Eh oui, évidemment, je vais vous lire un petit...

*Il interrompt son geste.
Désignant le jury :*

— Ah, ça, s'ils avaient organisé cette cérémonie du temps de ma... mémoire vive... je n'aurais pas été obligé d'écrire mon... Je vous aurais servi un remerciement spontané, garanti oral, cent pour cent instinctuel !...

Une évidence :

— D'un autre côté ils n'auraient pas pu me récompenser du temps de ma jeunesse pour « l'ensemble de mon œuvre » !

Il y réfléchit une seconde :

— Encore que, pourquoi non ? Avec un peu de perspicacité...

Il marmonne, en fouillant l'intérieur de son smoking :

— Bon, que je vous lise ce...

Une deuxième fois, il ressort sa main, vide, frappé par une idée apparemment inattendue :

— C'est complexe, vous savez, la question des honneurs. Les prix, les décorations... Personne n'y coupe.

Un temps. Il nous interroge :

— Combien, parmi vous, sont pressentis pour être décorés, cette année ?

Il joue quelques secondes avec notre silence :

— Hmm ? Entre nous...

Il hoche la tête, compréhensif :

— Eh oui, la honte d'être honoré, je suis bien placé pour...

Un temps.

— Eh bien vous avez tort !

Il se lance dans une démonstration. Il s'enthousiasme lui-même au fil de son raisonnement :

— Il faut accepter les décorations, les médailles, les récompenses, toutes, de la plus modeste à la plus prestigieuse ! Il faut se laisser décorer comme un sapin de Noël. Faut que ça tinte et faut que ça brille !

Il prend l'un de nous à témoin :

— Acceptez-la, monsieur, cette décoration, bon Dieu, acceptez-la ! Vous ferez plaisir à tout le monde : à celui qui va vous l'épingler d'abord, le ministre ; heureux, le ministre ! Grâce à vous il vient d'enrichir le patrimoine humain de la République ! Aux gens qui vous aiment, bien entendu : vos parents surtout ! Le nom de votre vieux père inscrit au registre de l'honneur national ! Et à vos ennemis, donc ! Ce seront les plus heureux de tous, vos ennemis, surtout les intimes !

Précision :

— Je les entends d'ici : « Je vous avais bien dit qu'il en croque ! », « Tout petit déjà, il collectionnait les bons points, ce con ! », « Un vrai lèche-cul ! » La joie, dans l'âme de vos ennemis ! « Dieu sait qu'il n'a pas sucé la tour Eiffel pour la rendre pointue, pourtant... », « C'est bien pour ça qu'on le décore ! », « Et puis il a toujours eu un sens inné de l'ascenseur... », « Ouais, les... »

Il mime une nausée :

— ... « *renvois* d'ascenseur ! » L'ambiance de ces dîners, grâce à vous ! « Quand je pense à ses airs de modestie... Tu l'as entendu son discours de remerciement ? T'as vu sa gueule à la télé ? », « Le faux derche total ! »

Une pause :

— Peut-être même serez-vous à l'origine de deux ou trois réconciliations, la source d'une rencontre amoureuse, qui sait ?

Sincère :

— Franchement... Franchement, citez-moi une seule circonstance de votre vie où vous puissiez rendre tout le monde aussi heureux, faire à ce point l'unanimité des cœurs. Une seule !

Il nous interroge du regard.

— Vous voyez... aucune.

Revenant au spectateur qu'il a choisi :

— Vous n'avez pas le droit de refuser cette décoration, monsieur.

Encourageant :

— La question de vos mérites est très secondaire...

Il se reprend :

— Encore que, non, pardon, réflexion faite, non... Parce qu'il y a mérites et mérites... Ce ne sont pas de vos mérites... réels...

qu'il s'agit, ici... Non, ce sont les autres qui comptent, vos mérites imaginaires, ce que vous désirez paraître, voilà ce qu'il faut récompenser. Et vite ! Urgence ! Sinon... Qui sait ce qui peut arriver ?

Un temps.

— Prenez Hitler... Le peintre.

Il attend qu'on ait « pris » Hitler :

— Il fallait le primer ! Tout de suite ! Dès ses premières taches d'aquarelles, pour l'ensemble de son œuvre ! Peinture, architecture, tout ! Et que ça se sache ! Une récompense planétaire ! Le podium universel, la mise sur orbite ! Ça nous aurait épargné... quarante-deux millions de morts ! Ce n'est pas tout à fait... négligeable... comme économie.

Un temps.

— Et que je sache...

Il regarde pesamment le jury :

— Aucun membre d'aucun jury ne s'est trouvé assigné au tribunal de l'Histoire !

À nous, sans lâcher le jury des yeux :

— Qui sait ce dont j'aurais été capable, moi, s'ils ne m'avaient pas...

Il désigne son trophée.

2

Il quitte lentement le jury des yeux et glisse sa main dans son smoking.

— Bien. Maintenant, que je vous lise mon...

Mais il ne va pas au bout de son geste. Œil coupable :

— Savez-vous ce que j'ai fait ?

Un temps.

— Le jour où j'ai appris qu'ils allaient me primer pour l'ensemble de mon... Vous savez ce que j'ai fait ?

Petit rire de honte.

— J'ai couru les remises de prix.

Oui gêné de la tête.

— Pour écouter les remerciements ! C'est que je n'ai pas l'habitude, moi. Toutes ces décennies passées à créer dans la solitude, le silence, l'indifférence générale, me semblait-il, et tout à coup cette récompense globale, si prestigieuse, je n'ai pas eu l'occasion de m'entraîner... Alors, je suis allé me documenter. J'ai fait une quinzaine de festivals. J'ai vu remettre des Palmes, des Césars, des Oscars, des Ours, des Lions, une kyrielle d'horr... d'honneurs en or *(il prend le trophée et l'examine)*, créés par des artistes qui ont peut-être été, ou seront un jour primés pour l'ensemble de leur œuvre ! *(Il repose le trophée.)* J'ai assisté à des biennales aussi, à des prix littéraires — pas à tous, ils sont plus nombreux que nos fromages ! —, à des remises de décoration, bien sûr, à toutes sortes d'intronisations... J'ai beaucoup applaudi. J'ai beaucoup écouté, observé, beaucoup... J'ai pris des notes. Et j'en ai conclu que le remerciement est *un genre à part entière.*

Un temps.
Pédagogue :

— Comme tous les genres, le remerciement obéit à des lois. C'est un genre *centrifuge*, au sens ondulatoire du terme.

Ses mains, jointes d'abord, s'éloignent l'une de l'autre, dans un mouvement de vaguelettes.

— Comme un caillou qu'on lance dans une mare, le remerciement fait des cercles... centrifuges, de plus en plus... larges... de plus en plus éloignés du centre.

Un temps.

— Le lauréat remercie d'abord le premier cercle : les notables, les importants, le jury, sans qui le prix ne lui aurait pas été décerné ; puis le deuxième cercle : le public, vous en l'occurrence, qui êtes ici à vous réjouir pour moi, ce soir, et c'est très gentil à vous, vraiment, je vous en remercie, ça me... puis le troisième cercle : l'« équipe »...

Il brandit le trophée :

— « Je tiens surtout à remercier mon

équipe... », « tous ceux qui... », « tous ceux grâce à qui mon... », « tous ceux sans qui je n'aurais pas pu... », « Je leur offre ce... »

Reposant le trophée :

— Il est rarissime qu'un lauréat ne remercie pas son équipe.

Petite parenthèse :

— Ce qui nous change beaucoup des ministres. Un ministre ne parle jamais au nom de son équipe : « Depuis que *je* suis entré aux Finances — à l'Intérieur, à la Justice, à l'Éducation, à la Culture —, *j*'ai fait en sorte que... *je me* suis battu pour... *j*'ai également demandé à *mes* services de *me*... Et dès que *j*'ai su que... *J*'ai pris la décision qui s'imposait. »

Un temps.

— Un ministre n'attend jamais qu'on le félicite ; il se félicite lui-même. Grammaticalement parlant, le verbe féliciter au sens pronominal direct : *se féliciter* — et à la seule première personne du singulier ! —

est exclusivement ministériel. « Et je m'en félicite ! »

Il s'aperçoit qu'il dérive :

— Excusez-moi.

Revenant à ses moutons :

— Toujours dans le même ordre, donc, les remerciements : jury, public, équipe... quelquefois jury, équipe, public... mais toujours ce tiercé de tête...

Il réfléchit à haute voix :

— C'est très étrange, quand on y songe... Parce que les cercles les plus proches sont, en la circonstance, constitués par les gens qui nous sont le *moins* proches.

Il laisse à cette information le temps de nous imprégner.

— Prenez mon cas... Les membres du jury...

Il regarde le jury, avec une certaine insistance.

— Je n'en connais aucun. Enfin, personnellement, aucun. Si, si, je vous jure, c'est un prix honnête... Il l'est devenu.

Nouveau coup d'œil au jury.

— De réputation, oui, bien sûr, un ou deux... Mais intimement, aucun.

Constatation étonnée :

— On me récompense pour l'ensemble de mon œuvre... autant dire pour ma vie, pour mon être, pour l'essence de moi-même, et mes premiers remerciements vont à de parfaits inconnus ! Des gens qui ne me sont rien.

Historique :

— Des gens qui distribuent leur prix tous les ans... qui tous les ans, les pauvres, se creusent la cervelle : « À qui pourrait-on bien, cette année, donner notre prix, maintenant que les copains sont servis ? Voyons voir... » Les années passent — nombreuses les années, car nombreux étaient les copains —, par conséquent elles passent pour moi aussi, toutes ces années de travail solitaire, incognito... Et finalement, voilà que je me retrouve primé, in extremis, pour « l'ensemble de mon œuvre », par de parfaits inconnus... que je remercie *en priorité* ! Le premier cercle ! Le cercle le plus...

Il fait un nid avec ses mains.
Ému, tout à coup :

— Il y a tout de même des gens qui nous sont plus... chers... Non ?

Son regard cherche notre approbation.

— Puis, vient le deuxième cercle : vous, donc, ici, ce soir...

Il scrute la salle en plissant les yeux.
Il lève la tête vers la cabine de la régie. Il demande :

— Pourriez-vous donner un peu de lumière dans la salle, s'il vous plaît ?

La salle s'allume, pour s'éteindre presque aussitôt.

— C'est bien ce que je craignais... Là non plus, je ne connais personne...

Un temps. À nous tous :

— Vous étiez là, l'année dernière ? Pour mon prédécesseur, vous étiez là ? C'était comment ? C'était aussi...

Geste fastueux.

— Non, je vous pose la question parce que l'année dernière, moi, je n'y étais pas. Je n'avais pas reçu d'invitation. C'est la toute première fois que je...

Il fronce les sourcils :

— Qui était-ce d'ailleurs, l'année dernière, à ma place, ici ?

Pas de réponse.
Il s'assied sur le bord de l'estrade et nous demande :

— Quelqu'un dans l'assistance est-il originaire de Cholonge-sur-Soulte ?

Il répète :

— Cholonge-sur-Soulte. Non Soulte, ici, ce n'est pas le maréchal d'Empire, ça s'écrit avec un *e*, comme *la* soulte, mais ce n'est pas ça non plus, ce n'est pas une question d'argent, c'est une rivière. C'est mon village natal, ma rivière d'enfance. Personne n'est originaire de Cholonge-sur-Soulte ? Même lointainement ? Un arrière-grand-oncle natif de Cholonge, non... ?

Il réprime une nouvelle émotion :

— Et moi qui viens vous remercier avec chaleur, comme si vous étiez...

Geste d'intimité.
Il se reprend :

— D'ailleurs, non, je ne vous ai pas encore remerciés.

Il se relève en dressant un index prometteur :

— Je ne vous ai pas lu mon...

Il fouille de nouveau sa poche intérieure mais interrompt encore une fois son geste.

— En tout cas, je n'ai aucune équipe à

remercier, moi ; je n'ai pas d'équipe. Pas de troisième cercle. En matière de création il faut que je fasse tout moi-même, je ne peux absolument rien déléguer, je suis beaucoup trop... maniaque, diraient certains... Perfectionniste, je préfère. Concentré, en un mot : sérieux. Un artisan sur son établi. Mon œuvre, c'est mon œuvre, point final. Je pourrais à la rigueur remercier l'équipe innombrable de ceux qui m'ont fichu la paix pendant que j'y travaillais... Ça, oui. Toute ma gratitude ! Un immense merci à la ville de New Delhi, par exemple !

Il tâte son smoking, à la recherche de son remerciement.

Évidemment, une nouvelle préoccupation interrompt son geste.

— Il y a autre chose... à propos du remerciement... en tant que genre.

Un temps.

— Si on y réfléchit bien...

Il a tout l'air de « bien y réfléchir ».

— Si on y réfléchit bien, le remerciement est un genre redondant...

Un temps.

— En tout cas, le remerciement du lauréat après l'attribution d'un prix... Ce n'est pas comme une porte qu'on vous tient. Là le remerciement va de soi.

Pantomime. Il passe par une porte fictive que quelqu'un est censé lui tenir.

— Merci ! Simple question de civilité : Celui qui passe exprime sa gratitude à celui qui a la courtoisie de tenir la... Même si l'autre la tient pour le seul plaisir d'être remercié. Ça arrive. C'est fréquent, même. Les matins d'hiver, surtout, à la sortie du métro, dans ces courants d'air si déprimants, ils vous tiennent obligeamment la porte, vous êtes encore très loin d'eux, ils vous forcent à courir, on arrive : « Merci », « C'est rien ! », « Si, si, merci, c'est gentil à vous, merci »... On est complètement essoufflé, on les remercie quand même, ça leur fait chaud au cœur et on s'est réchauffé en courant, c'est un échange de bons procédés.

Sa gaieté tombe d'un coup.

— La remise d'un prix ce n'est pas du tout ça.

Explicite :

— Le prix remis constitue lui-même un remerciement.

Très patiemment :

— Me primer pour l'ensemble de mon œuvre, c'est me remercier de l'avoir produite. Merci pour tout, en quelque sorte. Et ils me remettent ce...

Il désigne le trophée.
Coup d'œil suspicieux au jury :

— Qu'est-ce qu'ils attendent de moi, au juste ? Que je les remercie de m'avoir remercié ?... Jusqu'où ça va nous mener tout ça ?

Puis, à nous :

— Et vous ? De quoi faut-il vous remercier, au juste ?

Il semble avoir un doute.

— D'être venus, vous aussi, me dire merci ?

Inquiet, tout à coup :

— C'est bien la raison de votre présence ici, j'espère ? Une immense... gratitude. Non ?

Embarras dans nos rangs.

— Ne me dites pas que vous êtes venus uniquement parce qu'ils vous ont envoyé ces invitations ? Vous n'êtes pas venus les voir me remercier, tout de même ? Ça n'aurait pas le moindre intérêt !

L'embarras se prolonge.
Il parle comme s'il avait à se rassurer lui-même :

— Non, non, j'ose espérer qu'en vous donnant la peine de vous déplacer vous êtes venus de vous-mêmes m'exprimer votre gratitude pour « l'ensemble de mon œuvre »...

Œuvre que vous suivez depuis ses premiers pas, qui, tout au long de ces années, vous a rendus plus...

Il gonfle une poitrine épanouie :

— Moins...

Ses mains font deux œillères qui bornent son regard.

— Mais aussi plus...

Geste de solide enracinement.

— C'est si complexe ce qu'on doit à une œuvre digne de ce nom ! On se demande qui peut bien être cet homme qui nous libère si facilement de tous les tracas quotidiens, ces contingences poisseuses...

Une grimace et un geste collant évoquent lesdites contingences.

— Et, si un tel individu est vivant, bien entendu, si on a l'occasion de le rencontrer, de le voir sur une scène, en chair et en os, on y va, on y va, la reconnaissance l'emportant même sur la curiosité...

Un long temps.

— Oui, mais le rôle du lauréat, dans tout ça ? Remercier le public d'être venu le remercier ?

Il hoche plusieurs fois la tête.

— C'est ce qui fait du remerciement un genre très, très, très, très « mineur ».

Il annonce :

— Théorème !

Qu'il énonce :

— Toute œuvre qui ressemblerait au remerciement débité par son auteur pendant la remise d'un prix serait indigne d'être primée.

Il laisse aux plus lents d'entre nous le temps d'enregistrer.

— Voulez-vous que je répète ?

Il le répétera si nous le souhaitons. Il est même capable de nous le faire répéter en chœur s'il le juge utile. Si ce n'est pas nécessaire, il passera à la suite.

— Non, plus j'y pense, plus ces remerciements au jury, à l'équipe, au public me paraissent... une façon de parler... un détour obligatoire pour ne pas avoir à se remercier officiellement soi-même. Il est absolument impossible de se remercier soi-même quand on n'est pas ministre. Quelqu'un qui, n'étant pas ministre, dirait : « Je me remercie... » passerait pour... Pour quoi, au fait ? Un provocateur ? Ce ne serait même pas drôle... Et puis, j'en ai vu des provocateurs ! J'en ai vu s'en prendre au jury, injurier le public, régler des comptes sanglants avec l'équipe justement, venir en personne faire savoir qu'ils refusaient le prix... arriver tout nus sur scène, ou parfaitement ivres, utiliser le trophée à des fins... clairement détournées...

Il brandit le trophée comme un sexe, puis le repose délicatement sur le cube.

— Soit dit en passant, l'espoir de ces débordements constitue une des raisons non négligeables de la fidélité du public à ce genre de cérémonies. Non ?

Il insiste :

— Non ? Vous n'espérez pas vaguement que je...

Brusque geste de folie.

— Non ? Vraiment ?

3

Il attend un peu, l'œil interrogatif, avant de replonger la main dans la poche de son smoking.

— Admettons. Allez, qu'on en finisse, que je vous lise mon...

Nouvelle suspension de son geste, la main toujours dans sa poche. Il lève un sourcil malin.

— Ts, ts... Je sais ce que vous êtes en train de vous dire.

Rectification :

— Enfin, je sais ce que certains d'entre vous pensent en cette seconde précise. Vous vous dites : Il n'y a pas de remerciement écrit dans cette poche. Vous vous dites : Il n'y a rien du tout dans cette poche... Il n'y a peut-être même pas de poche intérieure dans ce smoking. La main qu'il y plonge et en ressort à intervalle plus ou moins régulier, c'est un truc. Il va une fois de plus la ressortir vide pour nous embarquer dans une nouvelle direction... Il n'a pas écrit de remerciement. D'ailleurs, il n'en a pas besoin, ça fait maintenant une demi-heure qu'il parle sans papier. Il a peut-être écrit tout ce qu'il vient de nous dire, oui, écrit et appris par cœur, mais de remerciement à proprement parler, il n'y en a pas. Ma main au feu !

Il ressort sa main, découragé.

— Vous avez raison. Je n'ai pas écrit de... remerciement. C'était une espèce de gag.

Il replonge deux ou trois fois sa main dans son smoking en s'imitant lui-même.

— « Je vous ai préparé un petit... » « Bien, maintenant que je vous lise mon... », « Bon, avec tout ça, je ne vous ai toujours pas lu mon... »

Silence.

— Mon unique gag, à vrai dire.

Désemparé :

— Vous imaginez qu'il y a tellement de gestes à faire, dans ma situation ? Vous avez vu...

Il désigne la scène autour de lui.

— Ce... vide ?

Il désigne le jury.

— Pour eux aussi, c'est difficile, la remise d'un prix ! Quel que soit le prix... Ils n'ont pas énormément de choix, question mise en scène ! Ou c'est la componction ancestrale de l'annonce officielle sous la forêt des micros qui se tendent, à la sortie du célèbre restaurant : « Le prix Machin deux mille et quelques a été remis à M. Untel au soixante-quinzième tour des délibérations par deux voix contre une... »

Plus bas :

— ... « en toute indépendance d'esprit »...

Encore plus bas :

— La voix du président comptant double...

Désolé pour les jurés :

— Ça ne laisse pas beaucoup de place à... l'épanouissement de leur corps !

Il se met progressivement dans un état de fureur extrême.

— À moins qu'ils ne vous servent le faux suspens de l'enveloppe *(il exhibe une enveloppe),* ouverte à l'ultime seconde par la star de service sur la scène gigantesque : orgie de paillettes et de lumière, battements de cils et de tambour, atermoiements indéfiniment étirés : « Et le gagnant est... », l'index pris dans l'enveloppe à ouvrir, bien sûr...

Geste : son index coincé dans l'enveloppe.

— « Le gagnant est... », « The winner is... », « Il vincitore è... », « Der Gewinner ist... », « El ganador es... » : « Jushó shawa ! »

Hors de lui :

— Mais oui, dans toutes les langues ! J'ai vérifié, croyez-moi, ce genre d'insanité fait son trou dans toutes les langues !

Il hurle :

— ET LE GAGNANT EST... *(plus bas)* : « Jushóóóó shawa ! »

Son index tranche l'enveloppe. Il brandit une feuille, la déplie, lit en fronçant les sourcils. Sa voix retombe d'un seul coup :

— Moi.

Son bras s'abat lourdement, son corps s'affaisse un peu, il paraît atterré... Puis, il s'ébroue comme s'il se réveillait. Il reprend conscience de notre présence. Il froisse l'enveloppe et la feuille, qu'il jette.

— Excusez-moi.

Il s'assied lourdement sur l'angle de l'estrade, côté cour :

— Quand on songe à la nécessaire solitude... Aux si longues plages du doute... À nos emballements secrets... Ou à ces moments de bonheur tellement gratuits...

Sourire rêveur.

— Ô le bonheur des petits matins quand l'idée vous fait jaillir du lit... Parce que ce n'est pas le coq qui vous réveille, ni le passage des poubelles... Ce n'est pas non plus la perspective du prix ou l'ambition de laisser une trace...

Il se lève tout à coup.

— C'est l'urgence de ce petit coup de burin auquel vous songiez en vous endormant... *(il marche le long de l'estrade)*, cette touche d'ocre rouge dans le coin droit de votre toile, là-haut... Voilà ce qui vous fait sauter du lit !

Il se rassied, côté jardin.

— Le premier plongeon de la comédienne dans le silence du texte... Le son entêtant d'une note, qui promet l'harmonie... ce petit rien de plume, trois fois rien... une virgule peut-être, une simple virgule... le minuscule de l'œuvre... une nuance essentielle... juste la nécessité ! Dieu de Dieu, la beauté de ces aubes nécessaires, dans la maison qui dort...

Il sourit un long moment, puis, se relève, remonte sur l'estrade.

— Mais non, il leur faut du discours officiel ! Causer « rayonnement », par exemple ! Tartiner à tout va sur le « rayonnement », la place que nous nous devons de tenir dans le rayonnement culturel de notre pays, de nos...

Au jury, en aparté :

— « Culturel », menteurs !

Il reprend :

— « Et si par ma *modeste* contribution... » Oui, une rapide allusion à la modestie du lauréat est toujours bienvenue, se poser en personnage tellement ordinaire qu'on en devient discrètement exceptionnel... « Et si par ma modeste contribution j'ai pu, tant soit peu, aider au rayonnement culturel de... »

Profondément abattu :

— Non... même enfant, pour la fête des mères, ce genre de... je ne pouvais pas.

Au bord des larmes :

— Ce n'est pas que je ne l'aimais pas, maman... Ce n'est pas que je ne vous aime pas... ce n'est pas faute d'amour... mais... Ah ! non, le coup du remerciement calibré à maman, en louchant sur le dessin des petits camarades... parce qu'on ne peut pas s'empêcher de pomper sur le dessin du copain... Ne serait-ce que pour ne pas faire le même !

Soudain découragé :

— Tout ça est d'une pauvreté... dégradante.

Épuisé :

— Et vous venez me reprocher mon...

Il refait plusieurs fois le geste de plonger sa main dans son smoking. À la surprise générale, la dernière fois il en sort une dizaine de feuillets dactylographiés.

4

Constatant notre stupéfaction :

— Mais non, ce n'est pas un remerciement... C'est le règlement du prix.

Il pose le trophée par terre, s'assied sur le cube et se met à lire le règlement.

— Il faut que je vérifie quelque ch... Ah ! voilà !

Il fronce les sourcils en lisant :

— C'est bien ce que je craignais. Une heure. C'est écrit noir sur blanc : « La prestation du lauréat durera entre soixante et soixante-quinze minutes. »

Il nous montre la feuille.

Conciliant :

— Bon, disons soixante.

Il regarde sa montre et se replonge dans la lecture du règlement.

— « En contrepartie... »

Il lève un œil :

— Oui, il y a une contrepartie.

Il lit :

— « En contrepartie de la somme forfaitaire qui lui est attribuée, le lauréat s'engage à se produire devant le public de ses admirateurs dans les vingt-trois villes suivantes : Chartres, Melun, Beauvais, Rennes, Nantes, Châteauroux, Tours, Paris, Auxerre, Montbéliard... »

Parenthèse :

— Tiens, j'ai un ex-beau-frère à Montbéliard... Il n'a jamais pu m'encadrer cet abruti... mais j'irai quand même...

Il reprend l'énumération :

— « Bar - le - Duc, Clermont - Ferrand... Bref, toutes sauf Cholonge-sur-Soulte.

Il saute des lignes :

— Écoutez ça : « Sa prestation devra revêtir tous les caractères de la spontanéité... »

Il ricane :

— Quel style !...

Une feuille d'un autre format s'échappe et tombe à ses pieds.

— Zut !

Il la ramasse.

— La note de l'hôtel...

Il s'apprête à la remettre dans sa poche, quand un détail attire son œil.

— Tiens, je ne l'avais pas vu, ça.

Il sourit.

— Le minibar est à mes frais.

Il confirme en nous lisant à voix haute :

— « Le minibar est à la charge du lauréat. »

Il reste un certain temps les yeux rivés sur cette phrase.

— Ah ! il n'est pas à mes frais, il est à ma charge. « Le minibar est à la charge du... »

Le mot lui donne à réfléchir.

— À ma charge...

Il range rêveusement les papiers dans son smoking.

— Les mots...

Il se lève et regarde avec une certaine tendresse le cube sur lequel il était assis.

— Tu entends ? Tu es à ma charge !

Sourire tendre :

— Mais bien sûr...

Il s'accroupit lentement derrière le cube. De la main droite, il ouvre une petite porte. Aussitôt son buste et son visage sont nimbés d'une lueur pâle. Il murmure :

— C'est une lumière intérieure.

Il contemple gravement cette intériorité, puis il referme la petite porte. La lumière s'éteint. Il reste accroupi quelques secondes. Il se relève tout en gardant les yeux posés sur le minibar.

Puis, le plus sérieusement du monde, il dit :

— Les minibars sont des enfants.

Un temps.

— Vous ne me croyez pas ?

Insistant :

— Vous ne pensez pas que les minibars sont des enfants ?

Il ordonne :

— Fermez les yeux.

Il répète, très sérieux :

— Fermez les yeux, je vous en prie... Et maintenant, imaginez-vous dans cette chambre d'hôtel, à ma place... C'est une soirée d'hiver... Enfin, pas nécessairement, il n'y a pas de saisons dans ce genre d'hôtels... Gardez les yeux fermés, je vous en prie, imaginez...

Il attend que nous « imaginions ».

— Vous dans cette chambre... Vous vous apprêtez à retrouver vos... « admirateurs »... Un dernier coup d'œil dans la glace... vous rectifiez votre nœud papillon... Vous ébauchez le geste de votre gag unique... Ça va, il est au point, vous en êtes à votre douzième ville. Avant de quitter la chambre...

Presque suppliant :

— Non, non, gardez les yeux fermés, je vous en prie, imaginez cette chambre d'hôtel, imaginez-la vraiment... Avant de quitter la chambre, vous vous accroupissez devant le minibar... vous ouvrez sa petite porte...

Il s'accroupit.
Il ouvre le minibar...
Il est de nouveau éclairé par le minibar ouvert.

— Vous vous offrez un... discret encouragement... que vous sifflez vite fait, dans le halo de cette lumière intérieure...

Ce qu'il fait. Au goulot.

— Puis vous vous redressez, vous posez la bouteille vide sur le minibar que vous refermez.

Ce qu'il fait.
La « lumière intérieure » disparaît.
Il traverse l'estrade, côté cour.

— Vous éteignez la lumière. Vous ouvrez la porte de la chambre et vous sortez dans le couloir.

Il descend de l'estrade et s'engage sur le tapis rouge, tout en nous répétant :

— Non, gardez les yeux fermés, s'il vous plaît, concentrez-vous sur le minibar que vous avez abandonné dans cette chambre d'hôtel... Il est seul à présent... tout seul dans la pénombre... jusqu'à votre retour... immobile dans ce silence de moquette... cette petite bouteille vide sur la tête...

Un temps. Il regarde le minibar. Puis il remonte lentement sur l'estrade et dit, très pénétré, sans quitter le minibar des yeux, avec une réelle inquiétude d'adulte :

— Tous les enfants sont fils et filles de Guillaume Tell ; ils ont tous une pomme en équilibre sur la tête...

Un temps.

— Et ils ne sont pas à nos frais. Ils sont à notre charge.

Il se tait.
Il est profondément ému.
Il s'ébroue tout à coup.

5

— Bon. Résumons-nous. Primé pour l'ensemble de mon œuvre, donc interdit de création jusqu'à la fin de mes jours... Privé, par vos bons soins, de mon gag unique, et...

Il regarde sa montre.

— Encore vingt minutes à passer ensemble.

Froncement de sourcils.

— À quoi puis-je employer cette éternité sans que la salle se vide ?

Il y réfléchit.

— Ce qu'il faudrait faire...

Il hasarde un sourire complice.

— Oui...

Il se convainc lui-même.

— Oui, peut-être, oui...

Il est convaincu.

— Mais bien sûr, c'est ça !

Au comble de l'enthousiasme :

— Ce qu'il faut faire, c'est profiter de la circonstance pour renouveler les lois du genre ! Le genre du remerciement. Vous et moi, ici, ensemble, maintenant !

Précision :

— Vivifier un peu ce... En faire un moment de pure humanité. Par exemple, en ramenant au centre de notre gratitude ceux qui doivent être remerciés en priorité, pour la simple raison que nous leur devons tout.

Le premier cercle, le vrai ! La famille, les Nôtres, en un mot.

On sent qu'il a mis une majuscule à nôtres. D'ailleurs, il répète :

— Les Nôtres !

Il s'approuve :

— Oui.

Un temps. Il y réfléchit très sérieusement. Froncement de sourcils.

— Il y a un hic.

Un temps.

— C'est difficile à faire.

Il confirme :

— Oui, j'ai vu ça deux ou trois fois.

Il saisit son trophée et le brandit en s'exclamant :

— J'offre ce trophée à mes parents, malgré...

Il se reprend très vite :

— Non, malgré rien, merci de tout mon cœur, je...

Désolé :

— Mais c'est trop tard, le lauréat vient d'entrebâiller la porte de l'armoire familiale ; le fameux parfum du non-dit a aussitôt envahi tout le volume disponible et les thérapeutes présents dans la salle préparent déjà leur carte de visite...

Fataliste :

— Non, en famille, le remerciement c'est parfait pour les épices. « Passe-moi le sel... merci. » « Alors, ça vient, ce sucre ? » « Merci ! » Et pour les cadeaux de Noël, bien sûr : « Oh ! un beurrier électrique, c'est exactement ce dont j'avais envie, merci ! »

On dirait qu'il découvre avec nous ce qu'il est en train de nous dire. Il en est stupéfait lui-même :

— C'est vrai, il faut dépiauter les cadeaux de Noël pour mesurer à quel point nos plus proches nous ont perdu de vue ! À l'heure du choix, dans les magasins, vous ne leur rappelez personne. Quelquefois, d'ailleurs, ils se trompent, ils glissent votre cadeau dans la chaussure d'un beau-frère ; personne ne s'en aperçoit...

Un temps.

— Petits, c'était différent, petits le père Noël nous reconnaissait à notre signature ! On mesurait son affection au respect de la commande, c'était « mon » cadeau « à moi » ! Mais, les années passant, la maturité venue, ça devient des cadeaux... d'entreprise. À chaque Noël, on a l'impression de quitter la boîte, ou de partir à la retraite. Alors forcément, à cadeau d'entreprise remerciement d'entreprise : « Oh ! un pistolet à confiture, c'est exactement ce dont j'avais envie, merci, chers collègues, vraiment, merci. »

Attendri, soudain :

— Des enfants à la retraite... et toujours cette pomme en équilibre sur la tête...

Changement de cap :

— Et puis, il est inutile de remercier la famille. Votre prix leur fait un plaisir fou. Jusqu'à ce qu'on vous le remette ils se demandaient ce que vous fichiez exactement dans la vie. C'était même une question que les plus délicats évitaient de vous poser. Les autres, bien sûr : « Alors, tu peins toujours ? Tu écris encore ? Ça paye, ta musique ? Eh ! Bergman, tes petits scénars, pour la télé, ça roule ? »

Un temps.

— Maintenant, ils savent : ils ont produit un génie : Enfin, du génie... Votre famille entière, jusqu'à vos cousins les plus éloignés... auréolés de votre gloire, tous ! Même votre fils...

Se reprenant :

— Non, pas votre fils, votre fils souffre, il est en crise : il se rêvait fils de crétin, le voilà fils de lauréat, imaginez le marasme ! Il en chie un maximum, votre fils.

Il conclut, en faisant non de la tête :

— La famille placée au cœur du remerciement... tout compte fait... je le déconseillerai à celui qui me succédera...

Une évidence subite :

— Mais non, que je suis bête ! Vous le préviendrez, vous, l'année prochaine ! Des petits signes discrets...

> *Il fait des « petits signes discrets » à quelqu'un qui se trouverait sur une scène ; et sur ses lèvres on peut lire : « Pas la famille ! Pas la famille ! »...*
> *Il se tait.*
> *Il réfléchit.*

— Alors qui ?...

Se creuse la tête.

— Les amis ?

Ému :

— La famille élective... Ceux que nous avons choisis nous-mêmes, au fil des ans, un par un, les meilleures bouteilles...

Il fait « oui » de la tête avec enthousiasme et dit :

— Non !

À nous, comme si nous avions participé à sa réflexion :

— Non, ce n'est pas le même problème que la famille, c'est autre chose...

Il fronce les sourcils.

— J'ai assisté à ça aussi...

Il cherche le souvenir le plus exact possible.

— Le lauréat part bille en tête, très sûr de son affection, très à l'aise dans la reconnaissance : « Je tiens d'abord à remercier... », il cite deux ou trois noms qui sonnent juste... ce sont ses meilleurs amis, aucun doute possible, puis... une première hésitation...

Précision :

— Non, pas du tout la même hésitation que pour la famille, un autre genre... Ah ! comment vous dire ?

Explication :

— Il est en train de se rendre compte qu'il s'est attaqué à une tâche impossible. C'est qu'ils sont nombreux, les meilleurs amis ! Ça ne se fait pas du jour au lendemain, l'ensemble d'une œuvre, alors forcément, les années se sont accumulées, et les meilleurs amis avec ! Et voilà qu'en égrenant leurs noms, le lauréat découvre que ce foutu remerciement, c'est l'heure du tri ! Le tri ! Il ne s'y attendait pas du tout. Le classement ! L'ordre de préférence !

Rapide :

— À chaque ami qu'il remercie, on l'entend littéralement penser : « Bon Dieu, je suis en train d'oublier quelqu'un de très

cher, de plus cher, peut-être, mais qui ? »...
Et dès qu'il remercie chaleureusement la
personne dont il vient de se souvenir in
extremis, on voit se peindre sur son visage
la terreur d'un nouvel oubli...

À nous :

— Et vous, dans votre fauteuil, vous vous
dites : Si j'avais su j'aurais apporté mon
thermos...

Résigné :

— Oui, c'est long la gratitude, et c'est
comme la charité : il ne faut oublier personne. Or on oublie toujours quelqu'un. Il
y en a toujours un qui passe au travers. Et
vous pouvez être tranquille, ce sera celui-là
— serait-il le seul sur un million ! — qui
vous reprochera de ne pas l'avoir remercié.

Il confirme :

— Non, « merci les amis »... trop délicat... susceptibilités inflammables !

Regard méprisant au jury.

— Ce n'est tout de même pas une raison pour remercier n'importe qui !

À nous tous, sincèrement désolé :

— D'un autre côté on ne peut pas non plus remercier tout le monde...

6

Il grogne :

— Renouveler le genre... c'est tout moi, ça ! Sous prétexte qu'on me prime pour l'ensemble de mon œuvre, voilà que je me mets en tête de bouleverser les règles d'un genre... que dis-je, d'un genre, d'une *Institution* planétaire ! L'humanité entière se congratule et se remercie sous l'œil de toutes les caméras, et moi, je débarque, un beau soir, comme une fleur, avec la prétention de renouveler le...

À nous, sèchement :

— Merci pour votre aide, soit dit en passant.

Un temps.

— Merci beaucoup.

Il fronce les sourcils.
Quelque chose le travaille.

— Vous avez observé qu'on remercie toujours *beaucoup*, jamais *peu* ? « Merci beaucoup », oui. « Merci un peu », non. « Merci bien », oui, « Merci moins », non. Ne se dit pas. En amour, en revanche, on peut aimer peu, aimer moins, voire beaucoup moins, et le dire : « Je t'aime beaucoup moins », à part l'intéressé(e) ça ne choque personne. Mais « remercier moins », ce n'est pas envisageable. On remercie toujours plus. Le problème avec la gratitude c'est qu'elle est vouée à l'inflation. Contrairement à l'amour lui, qui aurait plutôt tendance à...

Geste d'amenuisement.

— En sorte qu'on remercie de plus en plus des gens qu'on aime de moins en moins...

Sourcils froncés.

— Notez qu'on ne peut pas non plus dire « merci » à une personne qui nous fait don de son amour. Ce ne serait pas... Essayez, pour voir : « Je t'aime. » « Merci beaucoup ! » La réponse n'est pas satisfaisante.

> *Il laisse s'évaporer nos petits rires.*
> *Puis, très sérieux :*

— Elle devrait l'être, pourtant...

> *Il répond à quelqu'un d'invisible.*
> *Il répond avec une tendresse et une gratitude infinies :*

— Tu m'aimes ? Vraiment, tu m'aimes ? Oh ! merci... beaucoup !... Mon nom va enfin signifier quelque chose...

> *Il chasse cette éventualité de la main et va s'asseoir, côté jardin, sur une des chaises.*

— Mais non, ça ne se fait pas. Merci à tout et à n'importe quoi mais pas à l'amour...

> *Il s'énerve :*

— Cette perpétuelle obligation à la gratitude, pourtant... C'est que ça commence très tôt ! Et ça part dans tous les sens :

Qu'est-ce qu'on dit ? Merci ! Merci qui, merci mon chien ? Non, merci m'man ! Dis merci à tata, aussi... Merci tata, merci tonton, merci m'sieur !

Il s'emballe :

— Merci mon pote ! Chère Madame, merci infiniment... Veuillez agréer, Monsieur le doyen, l'expression de ma reconnaissance la plus... Trois cents grammes bien pesés, je vous le dégraisse ? Merci, oui. Non, c'est moi, merci pour la confiance... Merci d'avoir sélectionné mon appel mais je tiens d'abord à vous remercier pour la qualité de vos émissions... Signez ici, merci, et ici juste votre paraphe, merci... Voiaaaaalà, meeeerci... Après en avoir délibéré, la cour vous condamne à quinze ans de prison ferme. Merci ! Beaucoup !

À nous, confidentiel :

— À propos, merci de laisser ces lieux aussi propres que vous souhaitez les trouver en...

A-t-il entendu une réflexion, un petit rire ?

— Mais non, je ne m'amuse pas ! J'en ai l'air mais...

Il désigne le jury :

— Vous ne vous rendez pas compte que je suis à leur merci !

Regard traqué.

— Je les connais, va, ils sont sans merci. Ils m'écoutent, ils me jaugent... Ils peuvent me remercier comme un malpropre, d'une seconde à l'autre...

Il tend la main.

— Je vous remercie !

Signe de licenciement.

— Vous êtes remercié.

À nous, mezza voce :

— Et ce n'est pas avec l'aide que vous m'apportez...

Un temps.

— Sur ce point, je ne vous remercie pas.

Il fronce les sourcils.
Surprise.
Illumination, même.

— Vous avez entendu ce que je viens de dire ? Je ne vous remercie pas.

Tout heureux de sa trouvaille :

— À la forme négative, le verbe remercier perd toute son ambiguïté ! Jusqu'à preuve du contraire, « Je ne vous remercie pas », ça veut dire « je ne vous remercie pas ». À quelqu'un qu'on ne renvoie pas, on ne lui dit pas : « Je ne vous remercie pas », on lui dit « je vous garde ». Non : « Je ne vous remercie pas » veut juste dire je ne vous remercie pas.

Pensif :

— Il y a peut-être une piste, là...

Il cogite :

— Si on plaçait au cœur du remerciement une personne qu'on ne remercierait pas, le genre gagnerait peut-être en clarté... et à coup sûr en sincérité !

Gourmand :

— Voyons... voyons un peu... Qui est-ce que je ne remercierais pour rien au monde ?

Son regard semble chercher quelqu'un parmi nous.

— Ce n'est pas comme avec les amis, on ne peut pas espérer être exhaustif ici, il y en a beaucoup trop.

Lucide :

— Non, la sagesse serait de n'en désigner qu'un. Un seul. Un qui serait absolument indigne de nos remerciements. Celui que je ne remercierais même pas sous la torture ! Voyons...

Il cherche.
Il cherche.
Il est sur le point de trouver.
Il trouve.
Il a trouvé !
Son visage s'empourpre.
Il s'écrie :

— Monsieur Blamard, je ne vous remercie pas !

7

Menaçant :

— Monsieur Blamard, je ne vais pas vous remercier.

Il tombe la veste. Il vient s'asseoir face à nous, sur le devant de l'estrade.

— Mes origines... Cholonge-sur-Soulte... En ces temps où les hannetons fréquentaient encore les cours de récréation... Où les hivers étaient des hivers... Où la Soulte gelait au point que les goujons et les perches restaient saisis des glaces... On les voyait, par transparence, attendre le printemps, pendant que nous patinions sur leur ciel... Cholonge-sur-Soulte... Il y a très longtemps de cela... Je n'étais alors qu'un minibar abandonné sur les bancs de l'école communale... J'avais si froid, dedans... Ces hivers-là, l'encre gelait dans nos encriers de porcelaine... Violette et gelée au petit matin, oui... Et gourds, nos doigts, malgré nos mitaines, ô combien !... Et bleues, nos jambes, lorsque M. Blamard rectifiait notre alignement sous l'exact vent coulis du préau... Parce qu'il ne suffisait pas d'être né à Cholonge-sur-Soulte, ni d'y grandir si lentement, dans la vaine attente que quelque chose s'y passe, dans le vain espoir d'y rencontrer quelqu'un qui ne fût pas de Cholonge-sur-Soulte, non, il ne suffisait pas d'être natif de Cholonge-sur-Soulte et voué à un monde où personne ne serait de Cholonge-sur-Soulte, il fallait encore y être enseigné par M. Blamard !

Long silence.
Souvenirs pénibles...
Il se relève.

— M. Blamard pratiquait une pédagogie qui avait à voir avec le remerciement, comme genre. Une pédagogie... centrifuge... au sens ondulatoire du terme. *(Geste de vaguelettes.)* En ces matins où la glace nous séparait de l'écriture, M. Blamard confiait à son meilleur élève l'honneur d'allumer le poêle de notre classe. Puis, il nous rangeait, par cercles de mérite décroissant, de plus en plus loin de cette misérable source de chaleur.

Un temps.

— Combien y avait-il de cercles dans l'infinie réprobation de M Blamard ? Et combien de pommes, dans sa poche ? Je l'ignore... Je sais seulement que j'ai passé toute mon enfance, la pomme de son mépris posée sur la tête, à dériver sur un morceau de banquise que ne réchauffait aucun rayon de soleil, jamais... Mon Dieu, cet abandon... J'étais si loin de tout... C'était comme si la classe n'avait pas eu de murs... Mais toujours sous l'œil de M. Blamard, pourtant, qui nous tenait en joue jusqu'aux confins les plus extrêmes de sa vigilante indifférence...

Parenthèse :

— Ils sont comme ça : ils se foutent absolument de vous mais ne vous lâchent pas des yeux !

Long frisson :

— Cet éclat de glace, dans l'œil de M. Blamard... Et savez-vous le plus terrible ? Le plus terrible, le savez-vous ? Non ce n'était pas la solitude du minibar refermé sur sa lumière intérieure... C'était cette peur de chaque instant... peur que la pomme ne tombe de ma tête et n'aille rouler tout là-bas, jusqu'aux pieds de M. Blamard, pour lui rappeler mon existence infâme... Mon Dieu, cette peur !

Il se fige.

— Personne n'a eu d'enfance plus immobile que la mienne...

Un temps.

— Plus hermétiquement refermée sur sa lumière...

Un temps.

— Personne n'a aspiré si précocement, si résolument, à se faire oublier.

Silence.
Il chuchote :

— Oubliez-moi, monsieur Blamard... oubliez... je n'y suis pas...

La lumière s'éteint.
Quand elle se rallume, il est devant nous, bras ouverts, désignant les projecteurs :

— Total, me voilà devant vous... sous les « projecteurs de la gloire », comme on dit... la même pomme sur...

Il montre le sommet de son crâne.

— La même peur au ventre... très ancienne pétoche... que je combats depuis...

Il regarde sa montre.

— Une heure, bientôt... Peur que la pomme ne tombe à mes pieds et n'aille rouler jusqu'à...

Geste, vers les travées de la salle, comme si la pomme roulait vers un M. Blamard qui serait assis parmi nous...

Il semble réellement terrorisé par cette perspective.
Un long temps.
Il esquisse un sourire.

— Oh, je sais... je vous entends... gentiment consolateurs : « Mais non, ce n'est pas une pomme sur ta tête... Ce n'est *plus* une pomme... La pomme de M. Blamard a pris racine... c'est un pommier à présent... Une splendeur d'arbre !... Lourdes ramures, ployant sous le faix de ton œuvre... ton œuvre présente et à venir, *(désignant le jury)*, quoi qu'ils en disent !

Sceptique :

— Vous croyez ?

Auto-ironie :

— Et puis, il y a ceux qui commencent à se dire : « Mais, tout compte fait, somme toute, si on y réfléchit bien, l'un dans l'autre et tout bien pesé, sans ce traumatisme originel, tu ne l'aurais jamais créée ton œuvre ! Sans la dérive du minibar sur l'infini de ta banquise enfantine, nous n'aurions jamais rien su de cette œuvre qui nous a tant... »

Il gonfle un thorax heureux.

— « Sans M. Blamard nous serions toujours aussi... »

Ses mains font deux œillères qui bornent son regard.

— « En sorte que toi comme nous lui devons une fière chandelle à l'ami Blamard ! »

Résigné :

— Encore un peu de patience et j'entendrai les premières voix me suggérer de remercier M. Blamard : « Évidemment ! C'est Blamard, que tu dois remercier... », « Sans cette blessure d'enfance infligée par M. Blamard tu n'aurais jamais... », « Mais oui, s'il n'y en a qu'un à remercier, un seul au monde, c'est M. Bla... »

Il hurle :

— Jamais !

Menaçant :

— Vous m'entendez ? Jamais ! « Merci Blamard ? » Jamais !

Il répète :

— Jamais.

Complètement désemparé :

— Mais bon Dieu, se peut-il qu'il n'y ait vraiment personne à remercier ? Personne d'autre qu'un bourreau d'enfants ? Vraiment ?

Colère impuissante :

— On ne peut tout de même pas concevoir un monde où jamais personne ne remercierait personne ! Sauf pour le sucre ! Un monde où on ne ferait que des cadeaux d'entreprise, où le merci ne se concevrait que mis en scène ! Et ne serait retransmis que dans les « conditions du direct » !... Un monde si pareil au nôtre, ce n'est quand même pas imaginable !

Tout à coup, il se calme.
Il s'assied sur le minibar, à la place du trophée, qu'il pose sur ses genoux.

— D'où me viendrait alors cette gratitude qui m'a poussé jusqu'à vous ?

Il tripote rêveusement le trophée. Puis, désignant l'estrade :

— Parce que ce n'est pas leur prix qui m'a fait grimper là-dessus, ni le chèque...

Légère concession :

— Bon, si, admettons, mais là n'est pas l'essentiel. Un chèque ça se poste !

Il cherche ses mots.

— Je suis venu pour... je suis venu à la recherche de... quelqu'un... c'est quelqu'un qui m'a attiré ici, la promesse d'une rencontre...

Inquiet :

— Quelqu'un que je dois absolument remercier...

Un temps.

— Avant la fin... C'est vital !

Coup d'œil à sa montre.

— Or, c'est bientôt fini ! Dans deux minutes, nous nous séparons !

Affolé :

— Et je ne peux pas repartir sans l'avoir remercié !

Suppliant :

— Quelqu'un que vous connaissez très bien, en plus...

Appel à l'aide :

— Rappelez-vous ! Faites un effort, bon Dieu ! Quand vous étiez dans cette chambre d'hôtel, à ma place tout à l'heure... et que vos yeux se sont posés sur ce minibar tellement abandonné dans la pénombre, si désespérément clos sur sa lumière intérieure, et que, saisi de je ne sais quelle communion de solitude, vous vous êtes penché sur lui, vous vous souvenez ? Vous vouliez vous servir un petit...

Il fait le geste de boire un petit verre.

— Vous souvenez-vous ? Votre main s'est posée sur la poignée de la porte...

Un temps.

— Et vous l'avez ouverte !

Il sourit aux anges.

— Vous avez ouvert cette porte !

Comme s'il n'en revenait pas :

— Vous avez libéré cette lumière ! Enfin ! Enfin !

Au comble de la joie :

— Et vous vous êtes servis !

Radieux :

— Eh bien, c'est celui-là que je voulais remercier ! C'est celle-là ! Les libérateurs de lumières ! C'est elle, c'est lui qui m'ont attiré ici ! Ah ! il fallait que je les rencontre ces deux-là, ne serait-ce qu'une fois dans ma vie. Oh ! bon Dieu, qui que vous soyez, tous les deux, merci à vous !

Il répète :

— Chaque fois que vous avez ouvert ma porte, merci ! Chaque fois que vous vous êtes servis, merci ! Chaque fois que vous avez vidé *(il se désigne lui-même)* ce foutu mini-bar jusqu'à sa dernière goutte de lumière, merci ! Vraiment, merci !

Noir.

Avertissement au lecteur	9
Merci	11
Mes italiennes, *chronique d'une aventure théâtrale*	111
Merci, *adaptation théâtrale*	209

DU MÊME AUTEUR

Aux Éditions Gallimard

AU BONHEUR DES OGRES (« Folio », n° *1972*).

LA FÉE CARABINE (« Folio », n° *2043*).

LA PETITE MARCHANDE DE PROSE (« Folio », n° *2342*). Prix du Livre Inter 1990.

COMME UN ROMAN (« Folio », n° *2724*).

MONSIEUR MALAUSSÈNE, (« Folio », n° *3000*).

MONSIEUR MALAUSSÈNE AU THÉÂTRE (« Folio », n° *3121*) ;

MESSIEURS LES ENFANTS (« Folio », n° *3277*).

DES CHRÉTIENS ET DES MAURES. Première édition en Folio, 1999 (« Folio », n° *3134*).

LE SENS DE LA HOUPPELANDE. *Illustrations de Tardi* (« Futuropolis/Gallimard »).

LA DÉBAUCHE. *Bande dessinée illustrée par Tardi* (« *Futuropolis/Gallimard* »)

AUX FRUITS DE LA PASSION (« Folio », n° *3434*).

LE DICTATEUR ET LE HAMAC (« Folio », n° *4173*).

MERCI. Édition augmentée en 2006 (« Folio », n° *4363*).

Dans la collection Écoutez Lire

MERCI (1 CD)

KAMO L'IDÉE DU SIÈCLE (1 CD).

KAMO L'AGENCE BABEL (1 CD).

L'ŒIL DU LOUP (1 CD).

Aux Éditions Gallimard Jeunesse

Dans la collection Folio Junior

KAMO L'AGENCE BABEL, n° *800*. *Illustrations de Jean-Philippe Chabot.*

L'ÉVASION DE KAMO, n° 801. *Illustrations de Jean-Philippe Chabot.*
KAMO ET MOI, n° 802. *Illustrations de Jean-Philippe Chabot.*
KAMO L'IDÉE DU SIÈCLE, n° 803. *Illustrations de Jean-Philippe Chabot.*

Hors série Littérature

KAMO : Kamo, l'idée du siècle — Kamo et moi — Kamo, l'agence Babel — L'évasion de Kamo. *Illustrations de Jean-Philippe Chabot.*

Dans la collection Gaffobobo

BON BAIN LES BAMBINS. *Illustrations de Ciccolini.*
LE CROCODILE À ROULETTES. *Illustrations de Ciccolini.*
LE SERPENT ÉLECTRIQUE. *Illustrations de Ciccolini.*

Dans la collection « À voix haute » (CD audio)

BARTLEBY LE SCRIBE de Hermann Melville dans la traduction de Pierre Leyris.

Aux Édition Hoëbeke

LES GRANDES VACANCES, en collaboration avec Robert Doisneau.
LA VIE DE FAMILLE, en collaboration avec Robert Doisneau.

Aux Éditions Nathan et Pocket Jeunesse

CABOT-CABOCHE.
L'ŒIL DU LOUP (repris dans « Écoutez Lire »).

Aux Éditions Centurion-Jeunesse

LE GRAND REX.

Aux Éditions Grasset

PÈRE NOËL : *biographie romancée*, en collaboration avec Tudor Eliad.

Aux Éditions J.-C. Lattès

LES ENFANTS DE YALTA, *roman,* en collaboration avec Tudor Eliad.

Chez d'autres éditeurs

LE TOUR DU CIEL, *Calmann-Lévy et Réunion des Musées Nationaux*

LE SERVICE MILITAIRE AU SERVICE DE QUI ?, *Seuil.*

VERCORS D'EN HAUT : LA RÉSERVE NATURELLE DES HAUTS-PLATEAUX, *Milan.*

QU'EST-CE QUE TU ATTENDS, MARIE ? *Calmann-Lévy et Réunion des Musées Nationaux.*

Impression Maury-Eurolivres
45300 Manchecourt
le 2 mai 2006.
Dépôt légal : avril 2006.
Numéro d'imprimeur : 121452.
ISBN 2-07-033683-2. / Imprimé en France.